J Haussleiter

Leben und Werke des Bischofs Primasius von Hadrumetum

J Haussleiter

Leben und Werke des Bischofs Primasius von Hadrumetum

ISBN/EAN: 9783743636026

Hergestellt in Europa, USA, Kanada, Australien, Japan

Cover: Foto ©Raphael Reischuk / pixelio.de

Weitere Bücher finden Sie auf **www.hansebooks.com**

PROGRAMM

der

kgl. bayer. Studienanstalt zu Erlangen

zum

Schlusse des Schuljahres 1886/87.

Leben und Werke

des

Bischofs Primasius von Hadrumetum.

Eine Untersuchung

von

Dr. J. Haussleiter,
k. Studienlehrer.

ERLANGEN.

Druck der Universitäts-Buchdruckerei von E. Th. Jacob.

1887.

Vorwort.

Bischof Primasius von Hadrumetum hat uns einen Apokalypse-Kommentar hinterlassen, dessen Bedeutung hauptsächlich darin besteht, dass in ihm eine alte, durch viele Eigentümlichkeiten ausgezeichnete lateinische Übersetzung der Apokalypse enthalten ist. Man wird aus der zunächst mitgeteilten Probe (Kap. VIII 12 — IX 12) und der versuchten Rückübersetzung ins Griechische die Bedeutsamkeit dieser Übersetzung für Textkritik und Auslegung der Apokalypse ersehen; ich hoffe, in nicht ferner Zeit den vollständigen Text der Übersetzung vorlegen zu können. Im übrigen erlaube ich mir, namentlich was die Zusammenhänge des Kommentars mit anderen lateinischen Apokalypse-Kommentaren betrifft, auf meine Abhandlung: 'Die Kommentare des Victorinus, Ticonius und Hieronymus zur Apokalypse' (Zeitschrift für kirchliche Wissenschaft und kirchliches Leben 1886 S. 239—257) zu verweisen.

Der Verfasser.

§ 1. Leben und Zeitalter des Primasius.

Ueber das Leben des Primasius sind wenige Nachrichten auf uns gekommen. Ueberdies ist die Überlieferung zwiespältig. Es bedarf jeder Punkt derselben der Prüfung. In der ältesten Handschrift des dem Primasius zugeschriebenen Apokalypse-Kommentars, dem cod. A [1]), heisst diese Arbeit opus Primasi Affricani eṗi [= episcopi] civitatis Justinianę. Die afrikanische Justiniansstadt ist Hadrumetum. Die uralte, reiche Stadt, der Hauptort der Provinz Byzacena, hatte in der Vandalenzeit viel zu leiden gehabt; es scheint, dass König Hunerich (477—84) ihr auch den Namen raubte und sie Hunuricopolis nennen liess [2]). Den verhassten Namen vertauschte die Stadt später um so lieber mit Justinianopolis, als Kaiser Justinian (527—565), dessen Feldherr Belisar der Vandalenherrschaft im J. 534 ein Ende machte, die ge-

---

1) Nähere Angaben über die Handschriften folgen in § 4.

2) Ich wage diese Vermutung auf Grund folgender Erwägung. Bei der collatio Carthaginiensis vom J. 411 war die Provinz Byzacena mit 80 Bischöfen vertreten (vgl. das Verzeichnis in der Ausgabe des Optatus Milevitanus von Ellies du Pin, Paris 1700 p. LXXX etc.). Darunter war Philolocius, episcopus plebis Adrumetinae, und sein donatistischer Gegenbischof Victorinus (s. ebendort S. 406 n. 67). Zur Zeit des Königs Hunerich war die Zahl der Bischofssitze in derselben Provinz auf 112 bis 114 gestiegen. Man sieht dies aus dem Verzeichnis der katholischen Bischöfe, welche der arianische König zur Rechtfertigung ihres Glaubens auf den 1. Febr. 484 nach Karthago beschied (in Victoris Vitensis historia persecutionis Africanae provinciae rec. Petschenig, Wien 1881 p. 123 ff.). Auffallender Weise fehlt in diesem erschöpfenden Register, das auch die Vakaturen umfasst, der Bischof des Hauptortes der Provinz — wenn man Hadrumetum nicht unter einem anderen Namen suchen und hinter dem Servitius Unuricopolitanus (n. 107) den doch unmöglich übergangenen Bischof der Hauptstadt vermuten darf.

schleiften Mauern der Stadt wiederherstellen liess [3]). Demnach kann Primasius auch episcopus Hadrumetinus genannt werden, und so heisst er denn auch in den gewöhnlichen Ausgaben des Kommentars.

Allein der erste Herausgeber eines angeblich von Primasius verfassten Kommentars zu den paulinischen Briefen, Gagnejus, ferner Joh. Trithemius (de scriptoribus eccles. CLIV), Sixtus von Siena (in der bibliotheca sancta, Coloniae, ed. III 1586 p 296) u. a. setzen den Primasius nicht in die Zeit Justinians, sondern in die des Theodosius II. (also etwa 440 n. Chr.) und machen ihn zu einem Bischof von Utica. Für letztere Angabe fehlt es nicht an handschriftlicher Beglaubigung. Der cod. C hat die seltsame Überschrift: opus Primasii Africani epi civit [= episcopi civitatis] Jyticinae [4]). Es bleibe der Wert dieser Lesart und ihr wahrscheinlicher Ursprung (vgl. S. 14 Anm. 1 und S. 17 Anm. 10) zunächst dahingestellt: erschüttert wird sie schon durch die Baseler editio princeps des Apokalypse-Kommentars vom J. 1544, welche den Titel hat: Primasii Uticensis in Africa Justinopoli[?] civitate episcopi commentariorum libri quinque. Man sieht, Primasius lässt sich von der Justiniansstadt nicht trennen.

Er selbst ist der klassische Zeuge dieser Verbindung. Er hat ein wichtiges Dokument mit folgenden Worten unterzeichnet: Primasius, dei gratia episcopus civitatis Hadrumetinae, quae etiam Justinianopolis dicitur, concilii Byzaceni, huic constituto, quod beatus Papa Vigilius in causa trium capitulorum protulit, consentiens subscripsi [5]). Diese Unterschrift zeigt den am hellsten beleuchteten Augenblick im Leben des Primasius. Wir finden ihn in Konstantinopel, in den Dreikapitelstreit verwickelt, in diesem Streite auf Seite des römischen Bischofs Vigilius, welcher durch sein Constitutum vom 14. Mai 553 Stellung nahm gegen Kaiser

---

3) Eine vollständige Zusammenstellung der Angaben der alten Schriftsteller über Hadrumetum findet sich im corpus inscriptionum latinarum vol. VIII (inscr. Africae latinae) pars prior (1881) p. 14

4) Soll 'Iy' die Wiedergabe des griech. ι in Ἰτύκη = Utica sein? Die dritte verglichene Handschrift, cod. G., bietet keine Ortsbezeichnung.

5) Die Stelle bei Harduin, acta conciliorum, Paris 1714, T. III p. 46.

Justinian und die von ihm abhängige sog. fünfte allgemeine Synode zu Konstantinopel. Wir fügen hinzu, dass Primasius nicht aus freiem Antrieb, sondern auf Befehl des Kaisers in Konstantinopel weilte. Er gehörte zu den im J. 551 · 'pro fidei causa' in die Kaiserstadt berufenen afrikanischen Bischöfen. Es waren dies Reparatus von Karthago, dann der Primas von Numidien, Firmus, und als Vertreter der Byzacenischen Provinz Primasius und Verecundus [6]). Wir werden diesen Namen öfters begegnen, wenn wir nun daran gehen, die Stellung des Primasius zu der Streitfrage seiner Zeit zu kennzeichnen.

In dem damaligen Episkopat der afrikanischen Kirche können drei Gruppen von Bischöfen unterschieden werden. In der ersten, weit überwiegenden Gruppe kam die allgemeine Abneigung der lateinischen Christenheit gegen die Kirchenpolitik Justinians zum entschiedensten und charaktervollsten Ausdruck. Kaiser Justinian hatte in dem Edikt de tribus capitulis vom J. 544 das Anathema ausgesprochen über Theodor von Mopsvestia († 428), über Theodorets Schriften gegen Cyrillus und über den Brief des Ibas von Edessa; er hoffte dadurch die monophysitischen Gegner des Concils von Chalcedon zu gewinnen. Allein was hatten die afrikanischen Bischöfe für Ursache, sich an dieser Verdammung zu beteiligen? Die verurteilten Schriften waren in Afrika fast gar nicht verbreitet; das christliche Gefühl stiess sich an dem Kampfe mit Verstorbenen; das theologische Urteil fürchtete das Wiederaufleben der eutychianischen Häresis [7]). Das zweideutige Verhalten des römischen Bischofs Vigilius, welcher in seinem Judicatum vom 11. April 548 in der obschwebenden Streitfrage Ja und Nein zugleich zu sagen versuchte, erregte in Afrika die grösste Missstimmung. Der Primas von Karthago, Reparatus, und die unter seinem Vorsitz im J. 550 versammelten Bischöfe gingen so weit, dass sie den Vigilius 'als Verurteiler der drei Kapitel von der katho-

---

6) Die Belegstelle ist im Chronicon Victoris, episcopi Tununensis, bei Migne, patrologiae cursus completus, series latina, Bd. 68 p. 959 A.

7) Diese drei Punkte sind hervorgehoben im Briefe des afrikanischen Bischofs Pontianus an Kaiser Justinian (Harduin, T. III p. 1). Pontianus war, wie es scheint, Bischof von Thenä in Byzacena. Vgl. die Stellen bei Morcelli, Africa christiana vol. I (Brixiae 1816) p. 313.

lischen Gemeinschaft mit Vorbehalt der Kirchenbusse' ausschlossen [8]). Später brachte Reparatus seiner Überzeugung das Opfer seiner Stellung. Nach Konstantinopel berufen, wurde er, da er unbeugsam blieb, unter erdichteter Beschuldigung seines Amtes entsetzt und zum Exil verurteilt. Nicht er allein. Unter anderen traf den öfter zu erwähnenden Chronikenschreiber Victor, Bischof von Tununum, die Strafe der Absetzung und Verweisung in ein Kloster [9]). Im literarischen Kampfe dagegen behielten die Verteidiger der drei Kapitel (Fulgentius Ferrandus, Liberatus, Facundus) die Oberhand. Besonders ragt das Sendschreiben des Bischofs Facundus von Hermiane an den Kaiser (pro defensione trium capitulorum libri XII) durch furchtlosen Freimut und Gründlichkeit der Untersuchung hervor. Auch er wurde des Landes verwiesen.

Quasi vero (ruft Facundus einmal aus) [10]) propter hoc tantum ordinati sumus episcopi, ut ditemur principum donis et cum eis inter maximas potestates consedeamus. Es gab unter den Bischöfen solche Kreaturen. Zu ihnen gehörte der Usurpator des bischöflichen Stuhles in Karthago, Primosus [11]). Dieser frühere Diakon war des Reparatus Apokrisiarius (Geschäftsträger) am Hofe Justinians gewesen; er fügte sich durch Verdammung der drei Kapitel den Wünschen des Kaisers und wurde nun 'gegen alle Regeln und Satzungen der Väter' [12]) dem Volk und Klerus von Karthago

8) Die Stelle im Chronicon Victoris, Migne, series latina, Bd. 63 p. 958.

9) Ebenda p. 960.

10) Pro def. trium cap. lib. IV c. 4 (maxima bibliotheca patrum, Lugduni 1677, Tom. X p. 36 C oder Migne Bd. 67 p. 627 C).

11) Die Quellen schwanken in der Angabe seines Namens zwischen Primosus und Primasius. So wird er z. B. in der Chronik des Victor Tununensis bei Migne Bd. 68 auf einem und demselben Blatt Primasius (p. 959 B) und Primosus (p. 960 D) genannt. Der Name Primasius scheint auf Verwechslung mit dem Bischof von Hadrumetum zu beruhen. Primosus war kein ungewöhnlicher Name. Wir wissen z. B. von einem Bischof des castellum Lemellense in Mauretania Sitifensis, der so hiess (Optatus, de schismate Donatistarum lib. II c. 18) u. a.

12) Die Stelle in der wichtigen epistola legatis Francorum qui Constantinopolim proficiscebantur ab Italiae clericis directa (Harduin Tom. III p. 47—50). Das Schreiben ist neben Victors Chronikon auch im folgenden öfters benützt.

als Bischof aufgedrängt. Seine Aufgabe war, den widerspenstigen afrikanischen Episkopat zu zügeln. Er griff dabei, von dem Präfekten Afrikas unterstützt, zu allen Mitteln der Bestechung und der Gewalt. Es gelang, eine Anzahl fügsamer Bischöfe zum Konzil nach Konstantinopel zu schicken. Bei der ersten Sitzung waren sechs Afrikaner anwesend, unter ihnen Firmus von Tipasa, der Primas von Numidien; die Synodalbeschlüsse haben sieben unterzeichnet, darunter der Bischof Sextilianus von Tunis als Stellvertreter des Primosus von Karthago [13]). Primasius von Hadrumetum dagegen hielt sich gleich dem Bischof Vigilius von Rom fern von der Synode; er unterzeichnete, wie schon.erwähnt, dessen Separatvotum, das sog. Constitutum. Er war unter den 19 Unterzeichnern der einzige Afrikaner [14]).

Die Stellung des Primasius im Streit seiner Tage tritt nunmehr klar und deutlich hervor. Er war kein Charakter wie Reparatus und dessen Anhänger, welche gegen die Kirchenpolitik Justinians eine prinzipiell ablehnende Stellung einnahmen und standhaft behaupteten. Er war auch kein gefügiges Werkzeug der Staatsgewalt wie Primosus und die afrikanischen Bischöfe des Konzils zu Konstantinopel. Wir müssen ihn zu einer dritten Gruppe rechnen. Er gab dem Bischof Theodor von Limyra (in Lykien), welcher ihn im Auftrag der Synode zur Teilnahme an den Sitzungen einlud, die charakteristische Antwort: Papa non praesente non

---

13) An beiden Stellen (Harduin Tom. III 51 ff. und 202 ff.) erscheinen ausser Sextilianus die drei Numidier Restitutus von Mileon (oder Milevum), Crescens von Cuiculi und Cresconius von Jattara (oder nach afrikanischer Aussprache Zattara); dann aus der provincia Africana der Bischof Valerianus von Obba. Firmus von Tipasa wird nur beim Beginn der Synode erwähnt; wogegen die anfangs nicht genannten Bischöfe Victor von Sinna in der provincia proconsularis und Pompejanus aus Victoria in Byzacena mit zu den 164 Unterzeichnern der Synodalbeschlüsse gehört haben.

14) Hefele (Conciliengeschichte II² S. 880) rechnet auch den Bischof von Nassaita zu den Afrikanern. Allein die Unterschrift, die er im Auge hat, lautet: Proiectus episcopus Naïssitanae civitatis. Naïssita lag nicht in Africa, sondern in Illyricum. Vgl. Harduin Tom. III p. 69: . . perveni . . ad Proiectum reverentissimum episcopum Naissitanum Illyricae dioeceseos.

venio [15]). Primasius hatte, so zu sagen, seinen Kahn an das Schiff des Bischofs von Rom gebunden: nur schade, dass Vigilius kein guter Steuermann war. Er liess sich, ohne festen Kurs zu behaupten, von den stürmischen Wogen hin und her werfen und kam bei so unglücklicher Schaukelpolitik jedesmal zu Schaden. Erst verletzte Vigilius die Afrikaner durch Nachgiebigkeit gegen Justinian: dafür that ihn Reparatus in den Bann. Nach Konstantinopel genötigt (er betrat zu seinem Unglück die Stadt) zeigte er sich vollends unberechenbar: bald war er dem Kaiser ganz zu Willen, bald widersprach er und nahm die früheren Zugeständnisse zurück. Dafür liess Justinian ihn seinen Zorn fühlen. Ihn selbst und seine Anhänger. Was aber auch Vigilius in Konstantinopel that oder litt: wir finden den Primasius in seiner Gemeinschaft.

Unterm 14. Aug. 551 war der Hauptanstifter des Dreikapitelstreites und vertraute Ratgeber des Kaisers, Bischof Theodorus Askidas von Cäsarea in Kappadokien, 'ex persona et auctoritate beati Petri apostoli' seiner priesterlichen Würde entkleidet und mit seinen Anhängern exkommuniziert worden: unter den Bischöfen, die an dieser Verurteilung teilnahmen und mit Vigilius der Sicherheit halber in beati Petri basilica in Ormisda (bei dem Hormisdaspalaste) weilten, sind die beiden Abgesandten der provincia Byzacena aufgeführt, Primasius von Hadrumetum und Verecundus von Junce [16]). Und als Vigilius, in Konstantinopel nicht mehr sicher, 'ante biduum natalis Domini' (551) [17]) bei Nacht unter den grössten Gefahren entfloh und nach Chalcedon in das berühmte Asyl der Euphemiakirche übersetzte, teilten die beiden Afrikaner die Angst der Flucht und die Beschwerden des dortigen Aufenthalts [18]). Verecundus starb in dem Zu-

---

15) Harduin T. III, collatio II p. 69. Als Wohnung des Primasius in Konstantinopel wird hier domus Marinae genannt.

16) Harduin Tom. III p. 3 u. 9. Der Name Juncensis ist vielfach verschrieben: Lunensis oder Nicensis. Vgl. Morcelli, Africa christiana I p. 193 und Hefele II[2] p. 845.

17) Harduin Tom. III p. 5.

18) Hierauf bezieht sich die Stelle in dem Schreiben der italienischen Geistlichen (Harduin Tom. III p. 48): 'Hoc videntes alii duo [sc. Afri episcopi], qui inter ipsos et sanctitate vitae et divinarum scripturarum scientia sunt ornati, ad sanctam Euphemiam Chalcedonem fuge-

fluchtsorte (552) [19]. So erklärt es sich, dass des Vigilius Constitutum vom J. 553 von Afrikanern nur Primasius unterschrieb. Er aber hat auch die letzte Wandlung des Vigilius mitgemacht. Die Synode von Konstantinopel war geschlossen; die viel berufenen 'drei Kapitel' waren anathematisiert. Vigilius brauchte noch gegen sieben Monate Zeit sich zu besinnen: am 8. Dez. 553 trat er, 'omni confusione a mentibus nostris (wie er schreibt) remota' [20]) den Beschlüssen der Synode bei und verdammte ebenfalls die drei Kapitel. Dafür urteilt die Geschichte über ihn, dass er sich in nichts als im Schwanken treu geblieben ist [21]). Auch Primasius opferte seine Überzeugung. Er war in ein Kloster verwiesen worden [22]). 'Als aber Boëtius, der Primas von Byzacena, gestor-

---

runt: et ibi usque hodie sub tanta necessitate iacent, ut, cum infirmitate corporis laborantes nec medicum invenire mereantur, pericula immensa sustineant'.

19) Victoris Chronicon, Migne Bd. 68 p. 959 C. Von zwei Gedichten, die unter dem Namen des Verecundus in Pitra's Spicilegium Solesmense IV p. 132—143 gedruckt sind, gehört nach Wilhelm Meyer's Nachweis nur eines ihm zu (Abhandlungen der kgl. bayer. Akademie der Wissenschaften XVII. Bd. p. 431 ff.).

20) Harduin Tom. III p. 214. .

21) Ich führe beispielsweise das Urteil eines katholischen und eines evangelischen Historikers an. Alzog (Handbuch der Universal-Kirchengeschichte I° 1872 S. 335) sagt bei Besprechung des Dreikapitelstreites: 'Zum Unglück war gerade jetzt Vigilius Nachfolger Petri, welcher, durch Intriguen zu seiner Stellung gelangt, aller höheren Stärkung zu entbehren schien und sich darum schwankend und unentschieden zeigte'. Und Christian W. F. Walch urteilt, in seinem Entwurf einer vollständigen Historie der Ketzereien etc. VIII (1778) S. 326: 'In der ganzen Historie der Päpste findet sich kein Beispiel, dass von einem unter ihnen so viele Thaten gemeldet worden, die mit dem Charakter eines untrüglichen und uneingeschränkten Oberhauptes der Kirche streiten als von Vigilio'. Eine schöne und unbefangene Würdigung des ganzen Streites liest man in der vergessenen historia ecclesiastica von Christ. Eberh. Weismann Pars I (1718) p. 517—526.

22) Diese von Victor berichtete Strafe war, wie es scheint, der Entscheid des von der Synode gegen den Widerspenstigen in Aussicht genommenen Verfahrens: de Primasio secundum ecclesiasticam traditionem opportuno tempore quae oportet disponantur. Collatio II (Harduin Tom. III p. 69). Vgl. Anm. 15.

ben war, gab er, um sein Nachfolger zu werden, sofort zu der Verdammung der drei Kapitel seine Zustimmung'. So berichtet Victor's Chronikon, welches in dem Punkte jedenfalls Glauben verdient, dass Primasius nach Afrika zurückgekehrt und Primas seiner Provinz geworden ist[23]. Wie weit jedoch die weiteren Nachrichten des Victor über den unrühmlichen Lebensausgang des Primasius zuverlässig sind[24], lässt sich nicht feststellen. Victor behandelt die beiden abtrünnigen Afrikaner, Firmus von Numidien und Primasius, nach einem gewissen Schema: ille .. morte turpissima abiit[25], hic .. infelici morte exstinguitur; der treugebliebene Verecundus dagegen .. de hac vita migravit ad Dominum. Man sieht, wie tendenziös der Chronist seinen Bericht färbt. So können wir über die letzten Lebensjahre des Primasius (— 558?)[26] nichts Gewisses aussagen.

---

23) Die Stellung des Primas war (von Karthago abgesehen) in den afrikanischen Provinzen nicht an einen bestimmten Bischofssitz gebunden. Vgl. die Beispiele in du Pin's Optatusausgabe (Paris 1700) p. LIII und Hefele II² S 55 Anm. 6. Zur Zeit Cyprians war zufällig der Bischof Polykarp von Hadrumetum Primas seiner Provinz.

24) Die Worte lauten (Migne Bd. 68 p. 959): 'Reversus ad sua, quae prius defendebat, validissimis persecutionibus impugnavit fidelibusque calumnias generando eorumque substantias auferendo. Sed in quibus peccavit, latere non potuit. Si quidem postquam a catholicis sui concilii antistitibus pro suis praevaricationibus condemnatus [est], infelici morte exstinguitur; et quae conquisierat fraude, fideliter a iudicibus auferuntur'. Eine vollständige Tragödie, welcher das Satyrspiel nicht fehlt.

25) Migne Bd. 68 p. 959: 'Firmus, concilii Numidiae primas, donis principis corruptus damnationi eorumdem capitulorum assensum praebuit. Sed ad propria remeans in navi morte turpissima abiit'. Man wird gegen diesen Bericht (unterm Jahr 552) misstrauisch, wenn man erwägt, dass Firmus noch der ersten Sitzung des Konzils vom J. 553 beigewohnt hat. Vgl. Anm. 13. Firmus, ein hochbetagter Mann, (er war schon unter den Deputierten der Synode von Karthago vom J. 525) ist wahrscheinlich während des Konzils, in Konstantinopel selbst oder auf der Heimfahrt begriffen, gestorben.

26) Morcelli, Afr. christ. III 318 ad annum 558: hoc aut proximo anno pontificatu se abdicasse videtur.

§ 2. Die literarische Wirksamkeit des Primasius.

Der Abschnitt, zu dem wir übergehen, gliedert sich in drei Teile. Es ist zunächst von dem wissenschaftlichen Interesse des Primasius, dann von seinen eigenen literarischen Werken zu handeln; zum Schlusse sind die Schriften, welche die Herausgeber dem Primasius zuzuschreiben versuchen, auf ihren Ursprung zu prüfen.

a) Das wissenschaftliche Interesse des Primasius.

. Ueber diesen Punkt belehrt uns die Vorrede, welche der Afrikaner Junilius dem Werke 'instituta regularia divinae legis, libri duo', einer kurzen biblischen Isagogik, vorgesetzt hat [1]). Junilius widmet die Schrift dem Primasius (domino sancto ac beatissimo episcopo). Er erzählt [2]), warum er sie ihm widmet. Als Primasius mit anderen Mitbischöfen nach Konstantinopel kam, brachte es schon der Zweck seiner Sendung mit sich, dass er sich dem quaestor sacri palatii, dem öffentlichen Sprecher und Wortführer des Kaisers (das war Junilius damals), vorstellen liess. Es

---

1) Das Werk liegt in einer neuen kritischen Ausgabe vor in dem Buche: Theodor von Mopsvestia und Junilius Afrikanus als Exegeten, von Dr. H. Kihn. Freiburg 1880. Die verdienstvollen Untersuchungen Kihns haben unter anderem über den Stand des Junilius, den man fälschlich für einen Bischof hielt, Licht verbreitet. Für den Text der instituta regularia sind 13 Handschriften verglichen worden. Ich vermisse Aufklärung über einen Punkt, der zu erwähnen ist. In der Beschreibung des cod. Laurentianus plut. XX n. 54 saec. XI (= F), welche Bandini in seinem Katalog mitteilt (Florenz 1774 Tom. I p. 660), werden folgende Worte als Schluss des zweiten Buches angeführt: 'ipso consulatu [supra memoratur Stilico] persecutio venit Christianis VI. Kal. Jul. Data pridie Kal. Febr. Ravenna et exinde usque ad consulatum Theodosii XVI. et Fausti anni sunt XXXVI. Explicit liber Junilii'. Man sieht nicht ein, wie sich diese Worte hieher verirrt haben, und was sie bedeuten sollen. Gustav Löwe, der für Kihn die Collation besorgte, erwähnt nichts von dieser seltsamen Variante. Sollte diese Stelle, falls sie sich wirklich in der Handschrift findet, die Quelle sein für den lange gehegten Irrtum, als ob Junilius und Primasius in das Zeitalter des Theodosius (etwa 440 nach Chr.) gehörten!?

2) Kihn a. a. O. p. 467.

entspann sich ein näherer Verkehr zwischen ihnen. Tu autem,
fährt Junilius fort, more illo tuo nihil ante quaesisti quam si quis
esset, qui inter Graecos divinorum librorum studio intellegentiaque
flagraret. Junilius weist auf den Perser Paulus aus der syrischen
Schule zu Nisibis hin (an welcher die Exegese des Theodor von
Mopsvestia fortblühte), zeigt Bekanntschaft mit einem Leitfaden
von Einleitungsregeln in die heiligen Schriften, den Paulus mit
seinen Schülern zu deren vorläufiger Orientierung durchnehme,
und wird von dem inständig bittenden Primasius, welcher sich von
dem Leitfaden den grössten Nutzen für alle Bibelforscher ver-
spricht, dazu gedrängt, das Kollegienheft des Paulus herauszugeben.
Junilius berichtet weiter, dass er den Inhalt in dialogische Form
gebracht und Fragen des Schülers mit Antworten des Lehrers
habe wechseln lassen, vergleicht die kleine, in zwei Bücher geteilte
Gabe mit den zwei Scherflein, welche die arme Witwe in den
Gotteskasten legte (Mark. 12, 41) und schliesst seine Widmung
mit einem fein versteckten Komplimente gegen Primasius³).

Die Widmung des Junilius verleiht dem bisher von Primasius
gewonnenen Bild wohlthuendere Züge. Dem Bischofe von Hadrumetum war unglücklicher Weise eine kirchenpolitische Rolle zu-
gefallen, die er schlecht genug spielte; hier, auf wissenschaftlichem
Gebiete, treffen wir den Mann auf seinem eigentlichen Boden. Er
zeigt ein lebhaftes Interesse an der Auslegung der heiligen Schrift
und benützt den Aufenthalt in Konstantinopel dazu, sich über die
exegetischen Leistungen der Griechen unterrichten zu lassen. Man
darf wohl daraus schliessen, dass er bisher keine Kenntnis
von griechischen exegetischen Werken hatte⁴). Es überrascht,
dass der Anhänger der allegorischen Auslegungsweise, wie

3) p. 469. 'Verum enimvero multum mihi de evangelico examinatore
polliceor, quia licet alii ex pretiosissimis pretiosa et ex plurimis valent plura largiri, ego tamen quia totum dedi plus obtuli'.
Vgl. den Prolog des Primasius zu seinem Apokalypse-Kommentar.

4) Bischof Vigilius war des Griechischen unkundig, wie er in
seinem Constitutum erwähnt (Harduin Tom. III p. 39 E). Der Bischof
Pontianus schrieb an Justinian (vgl. Seite 7 Anm. 7): Eorum (= Theodori,
Theodoreti, Ibae) dicta ad nos usque nunc minime pervenerunt. Man sieht,
wie schon die Sprache den Occident vom Orient trennte.

wir ihn im Apokalypse-Kommentar kennen lernen, sich so sehr
angezogen fühlt von einem Werke, welches den Stempel der nüch-
ternen, das grammatisch-geschichtliche Verständnis der heiligen
Schrift anstrebenden antiochenischen Schule so deutlich an sich
trägt. Die Wertschätzung jenes 'Handbüchleins der Bibelkunde'
ist der gewinnendste Zug, den ich im Bilde des Primasius finde. Es
ist ja darüber kein Zweifel: die allegorische Exegese der alten
Kirche hat im grossen und ganzen nur noch historisches Interesse;
aber die Probleme, an deren Lösung die grossen Exegeten der
antiochenischen Schule, wenn auch in einseitig trennender Weise,
arbeiteten, berühren sich mit den Aufgaben der heutigen Schrift-
auslegung. Die instituta regularia gehen in die Frage aus: Unde
probamus libros religionis nostrae divina esse inspiratione con-
scriptos? [5])

Einen so freien Blick Primasius in der Beurteilung der von
Junilius edierten Schrift zu zeigen scheint: wir erkennen auch die
uns schon bekannten Züge. Im Hintergrunde seines Interesses
steht doch (man denke an die Worte more illo tuo) die Sehnsucht
nach einer exegetischen Autorität, der er folgen kann, wie im
Leben dem römischen Bischof. Primasius zeigt sich vorwiegend als
einen abhängigen, von Originalität ziemlich verlassenen Geist. Ist
er sich des Widerspruchs bewusst geworden, dass er durch Junilius und Paulus von Nisibis in geistige Berührung trat mit Theodor von Mopsvestia und huldigende Verehrung zollte demselben
Manne, dessen Verdammung durch die Synode von Konstantinopel
er schliesslich gebilligt hat? Wir stossen auch hier auf die wehe-
thuende Dissonanz in seinem Leben [6]).

b) Die beglaubigten Schriften des Primasius.

I. Als erstes Werk ist ein exegetisches bezeugt: ein Apokalypse-Kommentar. Aurelius Cassiodorius (etwa 477—570) schreibt
in seinem um 543—544 [7]) verfassten Lehrbuche de institutione

---

5) A. a. O. p. 527.

6) Ueber eine zweite 'praefatio Junilii episcopi Africani ad Primasium
episcopum' als Einleitung zu einem Kommentar über das Hexaemeron vgl.
Kihn a. a. O. p. 301. Der Kommentar gehört dem Beda zu, und die
Vorrede ist in Wahrheit an den Hagustalder Bischof Acca gerichtet.

7) A. Franz, M. A. Cassiodorius Senator. Breslau 1872 S. 47.

divinarum litterarum cap. IX (de actibus apostolorum et apocalypsi)
nach Besprechung der Auslegung des Donatisten Ticonius [8]): 'De
quo volumine sanctus quoque Augustinus in libris civitatis dei
plura praestantius et diligenter aperuit. Nostris quoque temporibus Apocalypsis praedicta beati episcopi Primasii antistitis Africani studio minute ac diligenter quinque libris exposita est' [9]).
Die Notiz ist wertvoll, weil sie vollends jeden Zweifel über das
Zeitalter des Kommentators Primasius ausschliesst. Er erscheint,
im Gegensatz zu Ticonius und Augustinus, als Zeitgenosse Cassiodors und hat jedenfalls den Kommentar vor der Zeit der kirchen-
politischen Kämpfe geschrieben. In den Rahmen des späteren
Lebens würde die Arbeit nicht mehr passen [10]).

Der Kommentar hat eine ziemliche Verbreitung erlangt und
ist in mehreren Handschriften uns erhalten geblieben. Beda (—735)
nennt ihn zwar nicht, wie den des Ticonius, unter den Quellen seiner
Apokalypse-Auslegung, aber er citiert ihn in derselben [11]). Weit-
läufig äussert sich der gallische Presbyter Ambrosius Ansbertus
(oder Autpertus), welcher zu seinem dem Papste Stephanus III.
(—772) gewidmeten umfangreichen Apokalypse-Kommentar das

---

8) Nur diese Form des Namens, also weder Tichonius noch Tychonius,
wie der Name gewöhnlich geschrieben wird, ist handschriftlich beglaubigt.

9) Migne, ser. lat. Bd. 70 p 1122.

10) Der Kommentar, der etwa auf das J. 540 gesetzt werden kann,
führt am weitesten in das frühere Leben des Primasius zurück. Dass letz-
terer (wie Kihn a. a. O. S. 248 vermutet) einer im J. 541 abgehaltenen
Synode der Provinz Byzacena beiwohnte, ist wahrscheinlich. Genannt
ist in den uns erhaltenen zwei Edicten Justinians (Baronius annales ad
annum 541 n. 10—12) nur der Vorsitzende der Synode: Daciano Metropo-
litano Vizatii [sic!] et omni concilio Vizaceno. Die Verstümmelung von
Byzacena erweckt den Gedanken, ob vielleicht in ähnlicher Weise von
einem Abschreiber des Primasius die Worte concilii Vizaceni in civīt Jyticinae (vgl. Seite 6, Anm. 4) geändert worden sind?!

11) Zu Kap. XIII 18 (Migne Bd. 93 p. 172 C). Beda gibt zuerst als
Deutung der Zahl 666 den Namen Τειταν und fährt dann fort: Ponit autem Primasius et aliud nomen eundem numerum complectens: Αντεμος,
quod significat honori contrarium. Sed et verbum αρνουμε id est
nego. Die Stelle bei Primasius: Migne Bd. 68 p. 884.

Werk des Primasius benützt hat [12]). Ich teile seine Worte mit, um die eigene Besprechung daran zu knüpfen. 'Post quem [= Ticonium Donatistam] Primasius, Africanae ecclesiae antistes, vir per omnia catholicus atque in divinis scripturis eruditus, quinque praedictam Apocalypsim enodavit libris. In quibus ut ipse asserit non tam propria quam aliena contexuit, eiusdem scilicet Ticonii bene intellecta deflorans, prava quaeque abiciens atque incomposita componens: sed et beatae recordationis Augustini quaedam de iam dicta Apocalypsi exposita capitula annectens. Et quamquam plenius quam alii eam exposuerit, non tamen omnes eius obscuritates aperuit nec eandem suam expositionem vel mediocribus vel parvulis congruere fecit. Fateor enim multa me in eius dictis saepissime legendo scrutatum esse nec intellexisse [13]).

Ambrosius hebt hervor, dass der Kommentar des Primasius nach eigenem Zugeständnis vorzugsweise eine Kompilation sei. Dies Bekenntnis findet sich in dem Prolog, der die Widmung des Werkes an einen sonst unbekannten Castor (oder Castorius) enthält. In der Beilage I folgt der Text dieses Prologs.

Primasius, der in anerkennenswerter Weise seine Quellen nennt, bevorzugt in der Aufzählung derselben den A u g u s t i n u s; seinen Werken will er der Zahl nach wenige, aber um so wertvollere Zeugnisse entnommen haben. Im Kommentar selbst werden wiederholt Schriften Augustins angeführt. Der Schrift contra Faustum Manichaeum entstammt die Deutung der Geschichte Loths und seines Weibes (Loth futurae legis videtur ge-

---

12) Eine genaue Zeitangabe enthält der Schluss des Werkes, in der editio princeps (Coloniae 1536 per Eucharium Cervicornum opera et impensa M. Godefridi Hittorpii) fol. 442: Ambrosius qui et Ansbertus, ex Galliarum provincia ortus, intra Samnii vero regionem apud monasterium martyris Christi Vincentii maxima ex parte divinis rebus imbutus, non solum autem, sed et sacrosanctis altaribus ad immolanda Christi munera traditus operante beata et inseparabili trinitate, suffragantibus etiam meritis beatae Mariae virginis, temporibus Pauli pontificis Romani nec non et Desiderii regis Langobardorum sed et Arrochisi ducis eiusdem provinciae quam incolo hoc opus confeci atque complevi, quodque propter facilitatem ipsum intelligendi s p e c u l u m   p a r v u l o r u m   vocavi. Eine in mehrfacher Beziehung interessante Selbstbiographie.

13) Ed. princeps fol. b III in der praefatio Ansberti.

stasse personam; in eius uxore figuratum est genus hominum, qui post gratiam dei vocati retro respiciunt). Dies Beispiel fügt Primasius 'pro generali similium intellectu locorum' seinem Werke ein [14]). Im selben Zusammenhang, bei der mehrfachen Deutung der sieben Siegel, mit denen das Buch in der rechten Hand Gottes versiegelt erscheint (Apoc. V 1), benützt Primasius eine Stelle aus Augustins Buch de vera religione, um mit den sieben Siegeln die sieben Altersstufen des inwendigen Menschen zu vergleichen [15]). 'Dieselben sieben Stufen, in denen unser geistliches Wachstum fortschreitet [16]), erwähnt der gleiche doctor amplissimus Augustinus an vielen Stellen, z. B. in einem Briefe an Maximus'. So fährt Primasius fort und bewahrt uns einen sonst unbekannten, inhaltsreichen Brief Augustins an den Arzt Maximus in Thenä auf; man sieht, dass dieser Brief in der provincia Byzacena, in welcher Thenä lag, in gutem Andenken geblieben war [17]). Bei der Stelle Apoc. XIV 4 erinnert sich unser Kommentator an Augustins Schrift de sancta virginitate. Er stimmt der These Augustins, welche bedingte und für besondere Umstände gegebene Ratschläge des Apostels Paulus übertreibt: 'bonum coniugii inferius bono sanctae virginitatis' völlig zu und entnimmt der Schrift mehrfache längere Auszüge — zugleich ein lehrreiches, weil kontrolierbares Beispiel, wie Primasius vorliegende Texte benützte: er bricht wiederholt ab und setzt an neuen Stellen ein, teilt aber die ausgewählten Bruchstücke wörtlich mit. Viel freier, sich an den Gedanken,

---

14) Die Stelle bei Primasius: Migne Bd. 68 p. 825 B, bei Augustinus im 21. Buch contra Faustum: Migne Bd. 42 (Augustinus VIII) p. 426: Sicut autem . . . flagitium est (Ende von cap. XLII).

15) Migne Bd. 68 p. 827 D und Bd. 34 p. 143: Prima est in uberibus utilis historiae quae nutrit exemplis, secundam iam [der Druck bei Migne Bd. 68 hat 'secundum Jacob'!] obliviscentem humana . . . . . bis zum Schlusse des cap. XXVI.

16) Hos septem modos, quin etiam gradus, quibus profectu spiritali provehimur . . Ab . Migne Bd 68 p. 828 B bietet hiefür den Unsinn: Hos septem quinetiam gradus, quibus profectus. praeliare perhibemur . . . So beschaffen ist der übliche Primasius-Text!

17) Der Brief steht bei Migne Bd. 68 p. 828 ff. und Bd. 33 (Augustinus II) p. 751 u. 752. Die Primasius-Handschriften bieten einige bemerkenswerte Varianten.

nicht an die Worte haltend, hat Beda in seinem Apokalypse-Kommentar die Vorgänger benützt [18]). Gegen den Schluss seiner Auslegung sammelt Primasius zu der Stelle Apoc. XXII 4 'et videbunt faciem eius' passende Aussprüche Augustins. 'Elegi, sagt er, sancti Augustini [19]) dicta in hoc loco congrua deflorare, ut ipso docente possimus, qualis (visio dei) futura promittatur, indubitanter cognoscere'. Nun folgt zuerst ein Citat aus der Schrift 'de visione dei ad Paulinam' [20]), und daran schliessen sich zwei kurze Stellen aus dem 22. Buche Augustins de civitate dei [21]).

Es ist mit Bezug auf eine spätere Ausführung von Wert, den Charakter der Citate aus Augustin und damit der Citate des Primasius überhaupt zu bestimmen. Denn von anderen Schriftstellern wird nur Hieronymus [im Prolog] und einmal Cyprian [22]) mit

18) Von den drei Excerpten aus dem Buche de sancta virginitate gibt der mangelhafte Primasius-Text bei Migne Bd. 68 p. 897 ff. das zweite verstümmelt und das dritte, umfassendste gar nicht wieder. Die Stellen bei Augustinus VI (Migne Bd. 40) sind folgende: 1) p. 401 Habeant coniugia bonum suum bis p. 402 carnis in carne — 2) p. 402 propterea praeceptum domini de virginibus nullum est bis reddidisse sit laudis — 3) p. 410 quia ipsa vita aeterna pariter erit omnibus sanctis bis p. 412 cum erit deus omnia in omnibus. Dieser lange Abschnitt wird wörtlich wiedergegeben; nur in der Stelle über die beatitudines geht Primasius von 'Beati mites' mit den Worten: 'et ceteris beatitudinibus perite [pariter?] decursis subiungit dicens' sofort zu 'Sed certe etiam coniugati possunt ire per ista vestigia . . .' über.

19) Die Handschriften geben beständig die vulgäre Form Agustinus. Vgl. die Codices des speculum Augustini in Weihrich's Ausgabe (corpus scriptorum eccles. latin. vol. XII). Die beste Handschrift, codex Monacensis, schliesst: expl̄ beati Agustini ep̄i liber.

20) So citiert Primasius und nicht 'de videndo deo', wie die Schrift gewöhnlich betitelt ist. Das Citat ist bei Migne Bd. 68 p. 930 und Bd. 33 (Augustinus II) p. 620 Donec diligenti inquisitione bis qui est ante deum dives [I Petr. 3, 3] oder locuples, wie Primasius die Stelle anführt.

21) Migne Bd. 68 p. 930—931 und Dombart's Ausgabe de civitate dei (Teubner 1877) II² p. 624, 21—26 und p. 630, 6 [ita deus] —10.

22) Bei Apoc. XI 3 erwähnt Primasius eine doppelte Art des Martyriums (unum in habitu, alterum in actu) und citiert hiezu eine Stelle aus Cyprians Schrift de lapsis. Vgl. Migne Bd. 68 p 866 D und corpus script. eccles. lat. vol. III pars I (ed. Hartel) p. 238, 26 bis 239, 4 von primus est victoriae titulus bis custodit [wofür Primasius conservat bietet]. Die Les-

2 *

Namen angeführt. Sämtliche Auszüge sind lehrhafter oder erbaulicher Natur. Primasius treibt mit Citaten aus dem von ihm so verehrten Kirchenvater keine Polemik, weder gegen die Donatisten noch etwa gegen die Pelagianer. Man könnte nach der scharfen Auseinandersetzung mit dem Donatisten Ticonius im Prolog eine eingehendere Bekämpfung der Donatistischen Lehren erwarten. Aber Primasius vermeidet die Polemik: kaum dass hie und da einmal der Name eines Häretikers den ruhigen Fluss der Ausführung unterbricht. So erwähnt er etwa einmal die Arianer und glaubt zur Widerlegung der Thorheit 'dieser und anderer Häretiker' mit einer abenteuerlichen Zahlenspielerei einen Beitrag zu liefern [23]). So viel Griechisch verstand er, um den Zahlenwert griechischer Namen zu berechnen: er benützt diese Kenntnis in der unglückseligsten Weise [24]). Ein anderes Mal (zu Apoc. IX 8 et habebant capillos ut capillos mulierum) macht er die Bemerkung: 'Multis enim hereticis favorem praebuere mulieres, ut Priscilla et Maximilla Montano et Lucilla (Lucella A^1b) Donato' [25]). Ein drittes Mal vergleicht er mit dem Monde, der unter den Füssen des mit der Sonne bekleideten Weibes (Apoc. XII 1) erscheint, die wechselnden Meinungen der Häretiker über Christi Geburt und nennt als 'heretici male de Christi incarnatione sentientes', die der ewigen Verdammnis verfallen, Valentinus, Bardesanes, Apollinaris,

---

art der codices WR 'domino' statt 'iam deo' wird durch Primasius bestätigt (domino *Gv*, dominum *ACb*).

23) Migne Bd. 68 p. 932. *A* (= 1) und *Ω* (= 800), die Elemente des griechischen Alphabets und Abbilder der Ewigkeit Gottes, betragen zusammen 801. Dieselbe Summe gibt der Zahlenwert des Wortes περιστερά (80+5+100+10+200+300+5+100+1=801). So erscheint der heilige Geist, dessen Sinnbild die Taube ist, eingeschlossen in die Trinität.

24) Selbst die lateinische Zahl quadraginta sex wird auf das Folterbett der griechischen Zahlenmystik gezerrt — κουαδραγιντα σεξ ergibt 1225, ebenso wie χριστει; Christus aber ist der zweite Adam (άδάμ = 46), was auch durch die 46 Jahre des zweiten Tempelbaues (Joh. 2, 20) angedeutet wird. Die Zahl 1225 endlich bezeichnet die Zeitdauer des Antichrists, die zwar gewöhnlich auf 1260 angegeben, aber nach apokalyptischem Stil, damit die Zeit des Gerichts verborgen sei, variiert wird. Migne Bd. 68 p. 884 u. 885.

25) Die Stelle fehlt in den üblichen Ausgaben.

Nestorius, Eutyches und Timotheus Aeluros 'heresiarches' [26]).
Wenn, wie es den Anschein hat, Primasius selber hier den monophysitischen Gegner des Chalcedonense, den Bischof Timotheus
von Alexandrien, als Ketzerhaupt brandmarkt, so erkennen wir
darin die nämliche theologische Stellung, die er im Inneren seiner
Überzeugung und anfangs auch äusserlich im Dreikapitelstreit
eingenommen hat.

Es ist sehr bezeichnend, dass im ganzen Werke der Donatist
Ticonius niemals als Kommentator citiert wird; wenn Primasius
ihn erwähnt, so nennt er ihn als Vertreter einer anderen Übersetzung [27]). Das Verhältnis zu dem Häretiker ist eben ein ganz
anderes als zu dem Kirchenvater Augustin. Der Name des letz-
teren wird mit Dank genannt; das Werk des Donatisten wird wie
herrenloses Strandgut behandelt, das von Rechts wegen der Kirche
gehört und von deren treuem Sohne nur gereinigt und ausgelesen
zu werden braucht. Primasius vergleicht, derb genug, im Prolog
den Kommentar des Ticonius mit einer 'preciosa in stercore gemma';
es liegt darin das Zugeständnis einer umfassenden, nur hie und
da reinigenden Benützung. Dem Augustin hat er 'pauca testimonia' entnommen; für die Auszüge aus Ticonius findet sich nur
eine Wert-, keine Massbezeichnung: 'certa defloravi' — es ist zu
viel, als dass es genauer angegeben werden könnte.

Hier stossen wir auf den Punkt, welcher die Würdigung des
Kommentars schwer macht. Was rührt in ihm von Primasius her,
was von Ticonius? Sicher und ohne weiteres kann dem ersteren
ausser den Zahlenspielereien, zu welchen er sich selber bekennt,
nur der Prolog am Anfang (Beilage I) und die Recapitulation am
Schluss (Beilage II) zugeschrieben werden. In diesen Stücken ist

26) 'Timotheus Hilarus' heisst der Mann bei Migne Bd. 68 p. 873!
Ambrosius Ansbertus (ed. princeps p. 221) gibt die erste Trias ebenso,
statt der zweiten aber die Namen Arius, Sabellius und Photinus. Es
scheint eine gemeinsame Quelle benützt zu sein, die hier Primasius geändert hat.

27) So zu Apoc. 9, 16: Alia porro translatio quam Ticonius exposuit
habet: Et numerus exercituum bis myriades myriadum. Die
Uebersetzung dagegen, deren Text Primasius vorausschickt, hat: et numerus militantium equitum illius octoginta milia. Migne
Bd. 68 p. 860 u. 861.

wenigstens die Form ganz Eigentum des Primasius. Nicht der ganze Inhalt. Denn wenn er im Prolog sagt, dass in der Apokalypse eine und dieselbe Sache unter so mannigfach verschiedenen Bildern dargestellt werde, dass man die Wiederholung derselben Sache zunächst nicht vermute, so entstammt dieser Gedanke der Auslegung des Ticonius, welcher in der sechsten seiner sieben hermeneutischen Regeln eigens 'de recapitulatione' gehandelt [28]) und insonderheit in der Apokalypse vom achten Kapitel an Rekapitulationen der vorhergehenden Offenbarungen mit wechselndem Ausgangspunkt angenommen hat [29]).

Ich wähle ein Beispiel aus dem Kommentare selber. Im Anfang des zweiten Buches (zu Apoc. V, 1) veranlassen 'die sieben Siegel des verschlossenen Buches' einen weitläufigen Exkurs über die verschiedenen siebenfachen Erfordernisse der Lösung. Es ist die verschiedene Form und der verschiedene Inhalt zu unterscheiden. Zuerst kommen die sieben 'modi locutionis': modus indicativus, pronuntiativus (= direkte Rede], imperativus, optativus, coniunctivus, infinitus [sic!] und impersonalis [30]) an die Reihe und werden durch Beispiele erläutert. Diese sieben Formen beziehen sich auf die Worte; auch in den Sachen selber wird eine siebenfache Art des Inhalts unterschieden: storiae [= historiae] actionis textus, allegoriae textus, utriusque [storiae et allegoriae] modus, de incommutabili divinae trinitatis essentia quando proprie quando tropice sacris insinuetur oraculis, parabolarum modus qui tam relatu quam actu conficitur ('ut, quando aliud dicitur et scriptum aliud invenitur, ad pastum spiritalis intellegentiae animus erigatur'), de gemino salvatoris adventu ('ne aut primus pro secundo aut secundus intellegatur pro primo') und septimus modus qui geminam praeceptorum retinet qualitatem id est vitae agendae ('ut

---

28) Die sieben Regeln des Ticonius bei Migne Bd. 18 p. 15 ff., de recapitulatione p. 53 ff.

29) Vgl. Zeitschrift für kirchliche Wissenschaft und kirchliches Leben 1886 S. 248.

30) Für den impersonalis lautet das erste Beispiel: Quis adiuvet spiritum domini? Cum quo iniit consilium et instruxit eum semita insticiae et viam prudentiae ostendit illi? (= Esaias 40. 13 u. 14). Es folgen ähnliche rhetorische Fragen.

exempli gratia: Diliges proximum tuum tanquam te ipsum') et
vitae figurandae ('circumcisionis et sabbati vel carnalium victima-
rum'). Auch diese sieben Arten werden an zahlreichen Beispielen
nachgewiesen; dann reiht sich in Erinnerung daran, dass das Buch
inwendig und auswendig geschrieben erschien, eine Untersuchung
an, auf welche Seite des Verständnisses die letztbehandelten sieben
modi sich beziehen. 'Est autem primus historicus foris, secundus
allegoricus totus intus u. s. f.'. Wer erkennt in diesen Ausführungen [31]) nicht den Verfasser der 'sieben Regeln' wieder? Wir
sehen an: den Beispielen das redliche Bemühen des Exegeten, die
Willkür der herrschenden allegorischen Auslegung durch bestimmte
Regeln zu beseitigen und durch den wild wachsenden Urwald
der phantasierenden Exegese offene Richtwege zu bahnen. Aber
welches Verdienst immer diese (seltsam genug an Apoc. V 1 an-
geknüpften) Darlegungen haben mögen: es ist dasselbe nicht dem
Primasius, sondern dem Ticonius zuzuschreiben. Primasius hat,
wie oben erwähnt wurde, einige Citate aus Augustin beigefügt;
den Text des Ticonius hat hier Ambrosius Ansbertus noch voll-
ständiger und genauer aufbewahrt [32]).

Der Apokalypse-Kommentar des Primasius, dies ist das Resultat, hat nur sekundären Wert. Er gehört mit zu den Hilfs-
mitteln, den verloren gegangenen Kommentar des Ticonius wieder-
herzustellen. Der Kommentar verdient die Wiederherstellung.
Augustin rühmt den Ticonius als einen Exegeten 'et acri ingenio
praeditum et uberi eloquio' [33]). Die Folgezeit hat dies Urteil bestätigt. Der Kommentar des Ticonius hat von allen Auslegungen
der Apokalypse am meisten die spätere Erklärung beeinflusst. Zu
den Kanälen, durch welche dieser Einfluss sich verbreitete, gehört
die Arbeit des Primasius.

Wichtiger noch ist der Kommentar des Primasius wegen der
alten Übersetzung, die er enthält. Sie geht selbständig neben
der Auslegung her. Im Kommentare legt Primasius oft eine andere

---

31) Der Text bei Migne Bd. 68 p. 821 ff. zeigt bedeutende Lücken.

32) Editio princeps p. 111—122.

33) Vgl. die Urteile in den prolegomena zu Ticonius Afer: Migne
Bd. 18 p. 13.

Übersetzung, die von Ticonius benützte, aus. Der Widerspruch
stört ihn nicht. Er schickt immer zunächst den Text der Übersetzung voraus, welche durch kirchliches Ansehen ihm sanktioniert
war. Wenn die Übersetzung ganz vorliegt, wird sie leicht selber
ihre Bedeutung rechtfertigen.

Mit nachdrücklichen Worten hat vorlängst Johann Albrecht
Bengel auf den Wert dieser Übersetzung hingewiesen. Ich wie-
derhole seine Worte, um ein klein wenig zum Ehrengedächtnis
des grossen Schrifttheologen beizutragen, dessen 200jähriger Ge-
burtstag am 24. Juni d. J. begangen worden ist. 'Primasius
(schreibt er unter der These: Plurimum latina versio repurgata
conducit) [34] textum ferme continuum exhibet, aliqua etiam in
summariis libro II. III. IV. V praemissis et in anacephalaeosi eis
subiuncta refert, quin etiam plures subinde translationes citat: ac
cum Cypriano prolixas interdum Apocalypseos periochas citante
(v. gr. cap. XVII seqq.) et cum Augustino (cap. XX) ita congruit,
ut exploratum habeamus eum ipsum textum Primasio obtigisse
saeculo VI. quem tribus ante saeculis Africana habuerat ecclesia'.
Er fährt fort: 'Editio qua usi sumus ex libro vetustis characteribus scripto prodiit a. 1544 Basileae' d. h. er hat die beste vor-
handene Ausgabe des Kommentars benützt; dem Herausgeber in
Migne's Sammlung ist sie leider verborgen geblieben.

II. Von einem zweiten Werke des Primasius erhalten wir
durch Cassiodorius an ebenderselben Stelle Kenntnis, an welcher
er von dem Apokalypse-Kommentar spricht [35]). Im Anschluss an
den Satz: 'Apocalypsis — quinque libris exposita est' fährt er fort:
'quibus etiam liber unus Quid faciat haereticum cautissima
disputatione subiunctus est, quae in templo domini sacrata donaria sanctis altaribus offerantur'. Wir entnehmen diesen Worten
folgende Punkte.

1) Die Schrift ist von Primasius im Anschluss an den Apokalypse-Kommentar verfasst worden oder wenigstens in der Hand-

---

34) D. Jo. Alberti Bengelii apparatus criticus ad novum testamentum.
Ed. II curante Ph. Dav. Burkio. Tubingae 1763 p. 494. Ein unvergess-
liches Buch solidester und fruchtbringendster Gelehrsamkeit.

35) Migne, ser. lat. Bd. 70 p. 1122.

schrift, welche dem Cassiodorius vorlag, äusserlich mit dem Kommentar verbunden gewesen.

2) Die Schrift umfasste ein Buch mit dem Titel: Quid faciat haereticum.

3) Ihr Inhalt bestand in einer sehr vorsichtigen (orthodoxen) Abhandlung über die Frage, was im Tempel des Herrn als geweihtes Geschenk dem heiligen Altar dargebracht werden soll. Der letzte Punkt bedarf der Erläuterung.

Der Wortlaut des Satzes, für sich genommen, würde dem Leser gestatten, an Geschenke zu denken, wie sie namentlich bei Kircheinweihungen als Opfergabe üblich waren [36]). Allein der Titel der Schrift verbietet diese wörtliche Auffassung. Die Worte müssen in einem übertragenen Sinne verstanden werden. Der Apokalypse-Kommentar leitet uns auf die richtige Spur des Verständnisses.

Zu der Stelle Apoc. XI 1 lesen wir die Erklärung: 'Metire templum et aram et adorantes in eo: ecclesiam iubet quae est templum dei praemissa divinorum mensura donorum spiritaliter informare, praecipue in ara id est in fide, sine qua inpossibile est placere deo'. Die Anbetenden sind diejenigen, 'qui in spiritu et veritate student deum adorare, ut et in veritate credulitas et in spiritu vita probabilis clareat'. Mit rechtem Glauben verbindet sich bei ihnen heiliges Leben. Ein anderes Mal (zu Apoc. VIII 5) heisst es, dass das sacrificium dei, welches zu vollbringen die Kirche Gewalt hat, sich durch die beiden Stücke vollzieht: 'offerente domino se principaliter', exhibentibus sanctis sua corpora hostiam vivam sanctam' [= Rom. XII 1][37]).

Nach diesen Stellen ist es erlaubt, die zu erläuternden Worte in dem Sinne zu verstehen, dass die Abhandlung des Primasius auf den wahren Glauben (= sancta altaria) und auf die rechten Werke (= sacrata donaria) sich bezogen hat. Wenn Cassiodorius wirklich den wesentlichen Inhalt der Schrift kurz angibt, so trug sie mehr thetischen als polemischen Charakter. Das Buch war, so zu sagen, eine kurze Dogmatik und Ethik. Die Anwendung

---

36) Vgl. die Beispiele von den römischen Bischöfen. Bonifacius, Cölestinus, Sixtus in der quinta centuria ecclesiasticae historiae cap. VI de ceremoniis (Magdeburger Centurien, Basler Ausgabe 1562 Tom. V p. 726).

37) Die beiden Stellen bei Migne Bd. 68 p. 866 A und p. 856 D.

auf die Häretiker konnte mit wenig Worten erfolgen. Anderer Glaube und anderes Leben, welche der hier gezeichneten kirchlichen Lehre widersprachen, machten zum Häretiker. Die Annahme, dass Primasius etwa einen Ketzerkatalog vorausgeschickt oder einzelne Häresien bekämpft hat, ist durch die Charakteristik des Cassiodorius ausgeschlossen.

Leider ist die Schrift verloren gegangen oder wenigstens noch nicht wieder gefunden worden. Sie hat indes eine Geschichte durchgemacht, die hier kurz zu verfolgen ist.

Isidorus (—636) gibt in seiner Schrift 'de viris illustribus' [38]) folgende Mitteilung über Primasius: 'Primasius, Africanus episcopus, composuit sermone scholastico de haeresibus tres libros directos ad Fortunatum episcopum explicans in eis, quod olim beatissimus Augustinus in libro haereseon imperfectum morte interveniente reliquerat, in primo namque ostendens quid haereticum faciat, in secundo et tertio digerens quid haereticum demonstret'. Das Buch des Primasius hat, wie man sieht, in weniger als einem Jahrhundert eine solche Verwandlung erlebt, dass man dasselbe kaum wieder erkennt.

Die Verbindung mit dem Apokalypse-Kommentar, den Isidorus überhaupt nicht kennt, ist gelöst und dafür eine neue mit einer Schrift Augustins hergestellt worden. Dem Drängen des Diaconus Quodvultdeus nachgebend, hatte Augustinus um das J. 428 ein Werk 'de haeresibus' zu schreiben begonnen. Er vollendete noch das erste Buch, in welchem er 88 Klassen von Häretikern aufzählt und ihre Lehren, meist nach dem *Πανάριον* [= Brotkorb, vom Verfasser als Arzneikiste bezeichnet] des Griechen Epiphanius (c. 374), zum Teil nach dem Buche de haeresibus des Lateiners Philastrius (c. 385) kennzeichnet. Er hatte aber beabsichtigt, wie aus der Einleitung hervorgeht, ein zweites Buch über die nicht leichte Frage zu schreiben: 'quid faciat haereticum'. Der Begriff des Häretikers lasse sich, meint Augustinus, überhaupt nicht oder nur äusserst schwer definieren. 'Non enim omnis error haeresis est, quamvis omnis haeresis, quae in vitio ponitur, nisi errore aliquo haeresis esse non possit'. Er wollte nun die praktische Frage

---

38) Isidori opera omnia ed. Faustinus Arevalo (Romae 1803) Tom. VII p. 151.

beantworten, 'unde possit omnis haeresis et quae nota est et quae
ignota vitari, et unde recte possit quaecumque innotuerit iudicari' [39]).
Infolge des bald darauf eingetretenen Todes Augustins blieb das
Werk ein Torso.

Nicht jedoch für das unkritische Zeitalter, das folgte. Augustinus hatte ein Buch über die Frage: Quid faciat haereticum
schreiben wollen, Primasius hatte ein solches Buch wirklich
geschrieben, offenbar also das Ketzerbuch Augustins ergänzt. So
schwoll das eine Buch des Primasius, das sein Zeitgenosse Cassiodorius kannte, zu dreien an. Freilich war dann die Einteilung
des Werkes eine andere, als der widerspruchsvolle Bericht Isidors
angibt. Wenn das neugeschaffene Buch 'de haeresibus' betitelt
war, konnten nicht nur akademische Erörterungen folgen. Das
erste Buch enthielt vielmehr den Ketzerkatalog Augustins, im
zweiten und dritten schlossen sich die Ausführungen des Primasius
an, dessen eines Buch sich ja leicht, wie wir oben fanden, in
einen dogmatischen und ethischen Teil trennen liess. Das scheint
denn auch der Sinn der beiden von Isidor angegebenen Titel,
des nun enger gefassten: 'Quid haereticum faciat' und des anderen:
'Quid haereticum demonstret', zu sein [40]).

---

39) Migne Bd. 42 (Augustinus VIII) p. 23.

40) Wie doch Handschriften mit ihren oft so willkürlichen Angaben
der Autoren äffen können! Der Jesuit Jac. Sirmond gab im J. 1643
aus einer Handschrift, die der Bibliothek des Erzbischofes Hincmar von
Rheims (- 882) entstammte, eine merkwürdige Schrift heraus unter dem
Titel: Praedestinatus sive Praedestinatorum haeresis et libri S. Augustino
temere adscripti refutatio (ab auctore ante annos MCC conscripta). Das
erste Buch enthält einen Ketzerkatalog, der dem Augustinischen, weil
aus denselben Quellen geschöpft, sehr ähnlich ist; es sind nur noch die
Nestoriani und Praedestinati hinzugefügt. Das zweite und dritte Buch
trug nun höchst auffallender Weise in einer alten Reichenauer Handschrift,
die Mabillon fand, die Überschrift: liber II. und ebenso liber III. Primasii
ad Fortunatum de haeresibus. Die Freude, dass man hier das von Isidor
beschriebene Werk vor sich habe, war von kurzer Dauer. Schon Sirmond
hat sie seinem Freunde Lukas Holsten, der sich schwer von ihr trennte,
gründlich zerstört [in dem Briefe an Holsten vor der Ausgabe des Praedestinatus in Sirmondi opera varia (Venetiis 1728) Tom. I p. 269]. Der
Inhalt der Bücher, deren eines die Lehrsätze der Praedestinati entwickelt,

c) Angebliche Schriften des Primasius.

Es freut mich, schliesslich einen Beitrag zur Ehrenrettung des Primasius liefern zu können. Man hat häufig ein wenig günstiges Urteil über seine exegetischen Leistungen mit dem Hinweis auf einen Kommentar über die paulinischen Briefe begründet, welchen der Pariser Theologe Joh. Gagney erstmals im J. 1537 herausgegeben hat [41]). Schröckh fand, dass dieser Kommentar sich kaum zum Mittelmässigen erhebe und keine Spur von Sprachkunde enthalte [42]). Zuvor schon hatten die Magdeburger Centuriatoren, die sich im übrigen liebevoll mit Primasius beschäftigten, mit Tadel erwähnt: 'Negat solam fidem ad vitam sufficere in 4. cap. ad Rom. et in 2. ad Galat. et ad Hebr. 3' [43]). Primasius verdient diese Rüge nicht: er hat gar keinen Kommentar zu den paulinischen Briefen geschrieben.

Cassiodorius schweigt von dem Kommentar. So ist er vielleicht erst nach Abfassung von dessen Werk de institutione divinarum litterarum geschrieben worden? Aber auch Isidor schweigt. Das ganze Mittelalter einschliesslich des Trithemius, der den Apokalypse-Kommentar kennt [44]), weiss nichts von des Primasius Auslegung

während das andere dieselben widerlegt, degradiert jene handschriftliche Bezeichnung zur müssigen Erfindung eines halbgelehrten Schreibers. Sirmond wollte das Werk dem jüngeren Arnobius (c. 460) zuschreiben und stützte sich auf die Ähnlichkeit einiger Stellen mit dessen Psalmenerklärung; Tillemont dachte ebenso, und am meisten haben sich die Verfasser der histoire litteraire de la France Tom. II (Paris 1735) p. 349 ff. bemüht, die Hypothese Sirmond's zu unterstützen. Ein sicheres Resultat ist indes noch nicht gewonnen.

41) 'Nos hos insignes commentarios in coenobio divi Theuderici apud oppidum reperimus, quod vulgo Sanctum caput appellant: Colonia est Viennensis archiepiscopi non procul Lugduno in Delphinatu'. So gibt Gagneius am Schlusse der Widmung an König Franz I. an. Die ed. princeps (es liegt mir ein Maihinger Exemplar vor) ist 1537 apud Seb. Gryphium Lugduni gedruckt — cum privilegio regio ad sexennium. Im J. 1543 erschien ein Pariser Nachdruck, aber zuvor schon im J. 1538 ein solcher in Köln. Bei Migne stehen die Kommentare Bd. 68, p. 407—794.

42) Christliche Kirchengeschichte, XVII Seite 538 (Leipzig 1792).

43) Quinta centuria (Basileae 1562) p. 1152.

44) De scriptoribus ecclesiasticis c. CLIV (in Jo. Alb. Fabricii bibliotheca ecclesiastica, Hamburg 1718).

der paulinischen Briefe. Erst Gagney verknüpfte den Namen des Primasius mit dem Kommentar. Er that es in bester Meinung. Die Auslegung schien ihm die gelehrteste von allen griechischen und lateinischen Kommentaren zu sein ('wie man oft Bücher lobt, die man zuerst ans Licht zieht' bemerkt Schröckh). Leider hatte Gagney keinen Sirmond zur Seite, der ihn auf die Trüglichkeit handschriftlicher Autoren-Bezeichnungen aufmerksam gemacht hätte. Der Irrtum haftete. Cave bemerkt unwillig: 'Multa exinde [= ex Primasii commentariis] in commentaria sua transtulit Haimo: unde nonnulli hallucinati Primasii commentaria Haimoni deberi censuerunt'[45]). Und selbst Kihn giebt sich die überflüssige Mühe zu untersuchen, ob Primasius in der Auslegung des Römerbriefes von Theodor von Mopsvestia abhängig sei oder nicht[46]).

Ein eingewurzelter Irrtum bedarf gründlicherer Widerlegung. Ich versuche sie.

1) Als bestes Angriffsobjekt erscheint die Auslegung des Hebräerbriefes. Es ist Migne entgangen, dass er diesen Kommentar noch einmal Wort für Wort in seine Sammlung aufgenommen hat als einen Teil der exegetischen Werke des Bischofs Haimo (—853) von Halberstadt. Hier ist der Abdruck nach einer besseren Quelle erfolgt; die Lücke von Hebr. III 17 — IV 2 ist ausgefüllt. Im übrigen finden wir vom ersten bis zum letzten Wort den nämlichen Kommentar[47]). Ja, in der maxima bibliotheca veterum patrum können wir den gleichen Kommentar als ein Werk des Bischofs Remigius von Rheims (—533) lesen; es ist hier, vollständig wie bei Haimo, noch um Kapitelüberschriften und um den jedem Kapitel vorgesetzten Vulgatatext vermehrt[48]). Die Heraus-

---

45) Guil. Cave, scriptorum ecclesiasticorum historia literaria, Genevae 1720, p. 339.

46) A. a. O. Seite 254.

47) Migne Bd. 68 p. 685—794 = Bd. 117 (Haimo II) p. 819—938. Nach letzterem Abdruck gehört der Satz: 'Ideoque nihil eis profuit quod audierunt, quoniam in eam intrare non meruerunt', der bei Pseudo-Primasius p. 709 (schon in der editio princeps) vor der angegebenen Lücke steht, bereits zur Auslegung von Kap. 4, 2.

48) Tomus octavus, Lugduni 1677 fol. 889 ff. Der Abdruck folgt der editio princeps des Villalpandus (Rom 1598); der Editor liess sich durch

geber der bibliotheca sahen sich indes in dem Inhaltsverzeichnis des Bandes zu der Bemerkung veranlasst, dass der Kommentar wahrscheinlicher dem Benedictiner Remigius (in coenobio S. Germani Autissiodorensis = zu Auxerre, c. 880) oder dem Bischof Remigius von Lyon (—875) zuzuschreiben sei. Wir können nun zwischen fünf oder sechs Autoren wählen; denn möglicher Weise stammt der Kommentar zum Hebräerbrief von keinem der fünf genannten [49]).

Die Heimat dieses fahrenden Schriftstückes zu erkunden ist eine Aufgabe für sich; hier ist nur zu zeigen, dass dasselbe nicht nach Hadrumetum verwiesen werden darf. Ich berufe mich auf dreierlei Zeugen. Am willkommensten sind die zahlreichen Citate aus anderen Schriftstellern; dann sind etwaige Anführungen aus dem Texte der Apokalypse und endlich Anklänge an die Auslegung derselben aufzusuchen, beides zum Zweck der Konfrontation mit den entsprechenden Stellen des Apokalypse-Kommentars. Ich nehme dabei an, dass der Kommentar zum Hebräerbrief, wenn von Primasius, so nach 544 d. h. nach Cassiodors Institutionen und also auch nach dem Apokalypse-Kommentar geschrieben worden ist, weil nur in diesem Falle das Schweigen des emsigen Sammlers im Kloster Vivarium erklärt werden kann; für die Beweiskraft des Verfahrens ist die Hypothese gleichgültig.

---

die Angabe seiner Handschrift (eines im J. 1067 geschriebenen codex monasterii S Caeciliae Romae trans Tiberim) bestimmen. Die Gleichheit des Kommentars bezieht sich nicht nur auf den Hebräerbrief. sondern erstreckt sich auf sämtliche paulinische Briefe. Der Text bei Haimo ist fehlerfreier.

49) Die Verfasser der histoire literaire de la France, die sich an drei Stellen [Tom. III (1735) p. 162 ff., Tom. V (1740) p. 120 ff. und am eingehendsten Tom. VI (1742) p. 110 – 113] mit der Frage beschäftigten, haben mit hinreichender Sicherheit nachgewiesen, dass der Haimo - Remigius Kommentar zu den paulinischen Briefen dem Remigius von Auxerre zuzuschreiben ist. Er hat den Kommentar zu Rheims geschrieben und trug den Beinamen Heymon le Sage: daher die Verwechselungen. Die Frage nach dem Ursprung des Kommentars zu dem Hebräerbrief ist gesondert zu behandeln; denn dieser findet sich, wie schon erwähnt. auch als Beigabe zu dem Kommentar des Pseudo-Primasius über die paulinischen Briefe, welcher sich von dem des Remigius unterscheidet.

Die lateinischen Autoren haben den Vortritt. Augustinus, Hieronymus [50]) . . das sind alte Bekannte. Cassiodorius selbst . . es überrascht, dass Primasius aus dem Psalmenkommentar seines Zeitgenossen die Bedeutung von reverentia (und zwar schlecht) gelernt haben soll [51]). 'Unde beatus Prosper hanc ponit similitudinem' . . . 'in passionibus sanctorum legimus' . . . 'Marcion ausus est dicere' . . . 'Helvidius dente viperino calumniatur' . . das sind neue Personen und Schriften und fremdartige Redewendungen [52]). 'Saecula autem, ut Ovidius Naso dicit, dicuntur a sequendo, eo quod sese sequantur atqué in se revolvantur, teste Varrone: saecula autem ex eo dici possunt, ex quo varietas coepit esse temporis' [53]) . . nein, Primasius von Hadrumetum hat Ovid und Varro nicht gekannt. Und wer es doch annehmen wollte: wie ist es zu erklären, dass Primasius das Buch des Didymus Graecus de spiritu sancto [54]), den Johannes Chrysostomus [55]), Theodotion's

50) Migne Bd. 118 p. 878 A und 865 C; ich citiere den besseren Text unter Haimo's Namen.

51) A. a. O. p. 856 C: Reverentia secundum Cassiodorium duplici modo accipitur: aliquando pro amore, aliquando pro timore. Die Stelle bei Cassiodorius (Migne Bd. 70 p. 250) lautet: Reverentia est domini timor cum amore permixtus. Das Wort 'permixtus' ist offenbar missverstanden.

52) Die Stellen: p. 836 D, 859 A, 838 D, 826 A. An der zweiten Stelle findet sich ein interessantes Glaubensbekenntnis, das wenig Verwandtschaft zeigt mit den Spuren des Symbols im Apokalypse-Kommentar (Migne Bd. 68 p. 832 D und 835 D). An der dritten Stelle hat der Text bei Primasius (Bd. 68 p. 702 B) die bessere Lesart: Marcion (statt Manichaeus).

53) A. a. O. p. 901 C. Vielleicht liegt hier eine grobe Textentstellung vor. Varro sagt (M. Terentii Varronis de lingua latina ed. Spengel, Berlin 1885) lib. VI § 11: 'Seclum spatium annorum centum vocarunt dictum a sene, quod longissimum spatium senescendorum hominum id putarunt'. Und nicht bei Ovid, wohl aber bei Isidor (—636) finden wir die Worte: 'Secula generationibus constant et inde secula, quod sequantur; abeuntibus enim aliis alia succedunt' (etymologiarum liber V c. 38).

54) A. a. O. p. 832 A. Die Stelle 'ex omnibus ordinibus caelestium dignitatum mittuntur' scheint frei nach dem Griechischen citiert zu sein; ich kann sie in der Uebersetzung des Hieronymus nicht finden (vgl. de la Bigne, sacrae bibliothecae Tom. VI, Parisiis 1575, p. 686 B). Es ist hier, wie in der Stelle, zu welcher das Citat gehört, von Hebr. 1, 14 die Rede.

55) A. a. O. p. 847 C.

Übersetzung des alten Testamentes [56]) gekannt und angeführt hat? Wir können das erste Zeugenverhör schliessen mit dem Ergebnis, dass der Verfasser des Kommentars zum Hebräerbrief in der Literatur, namentlich in der griechischen, viel erfahrener war als Primasius: hat er doch sogar, wie aus Hebr. VII 25 hervorgeht, griechische Handschriften des neuen Testamentes verglichen [57]).

Es genügen wenige Aussagen der anderen Zeugen. Nach dem Hebräerbrief-Kommentar 'sagt Johannes in seiner Apokalypse': 'Lavit nos a peccatis nostris in sanguine suo'. Bei Primasius lesen wir Apoc. I 5: 'suo nos sanguine solvit a peccato' [58]). Zu Apoc. VI 9—11 ist nicht nur der Text, sondern auch die Auslegung an beiden Stellen verschieden. Dort heisst die nicht ganz mit der Vulgata übereinstimmende, aber ihr sehr nahe stehende Übersetzung: 'Vidi sub altare dei animas interfectorum propter verbum dei quod habebant et clamabant voce magna dicentes: Usquequo, domine sanctus et verus, non iudicas et vindicas sanguinem nostrum de his qui habitant in terra? Et datae sunt illis singulae stolae albae'. Bei Primasius aber lesen wir als Text der afrikanischen Bibel: 'Vidi sub ara dei animas occisorum propter verbum dei et martyrium suum et clamaverunt voce magna dicentes: Quousque,

---

56) A. a. O. p. 902 A. 'Ignis descendit de caelo, ut in Theodotione legitur, quia inflammavit dominus super Abel et super munera eius' = Genes. 4, 4.

57) A. a. O. p. 871 B. 'Quia vero quidam codices habent: accedens per semet ipsum ad deum, quidam vero plurali numero accedentes, utrumque recipi potest'. Tischendorf (ed. octava critica maior) vol. II p. 803 gibt die Variante 'προσερχόμενος δι' ἑαυτοῦ τῷ θεῷ' nicht an. Sabatier, bibliorum sacrorum latinae versiones antiquae Paris 1751, Tom. III p. 919 führt als Quelle für diese Variante den Sedulius Scotus (c. 810) an — einen Exegeten, der, wie schon die Centuriatoren (a. a. O. p. 1149) wahrgenommen haben, 'nicht weniges aus [Pseudo-]Primasius Wort für Wort herübergenommen hat'. Dass der Kommentator unter 'codices' griechische Handschriften verstanden hat, beweist das Gegenstück zu der besprochenen Stelle: Hebr. 9, 11. Hier wird die unbekannte Variante 'παραγιγνόμενος' statt παραγινόμενος dadurch belegt, dass es heisst: 'Alia translatio habet: Christus adveniens (statt assistens) pontifex futurorum bonorum'.

58) Migne Bd. 117 p. 824 B und Bd. 68 p. 798 C.

domine sanctus et verus, non iudicas et vindicas sanguinem nostrum
de his qui in terris habitant? Et datae sunt eis singulae stolae
albae' [59]). Und wie wenig Zusammenklang findet in der Auslegung
statt! Pseudo-Primasius erklärt: 'Singulas stolas modo habent ani-
mae sanctorum de sua immortalitate gaudentes et de felicitate
qua fruuntur exsultantes. Binas vero stolas habebunt, cum in
generali resurrectione receperint immortalitatem et incorruptionem
in corpore, quam modo habent solummodo in anima'. Primasius
dagegen erwähnt gar nicht den Gegensatz von Seele und Leib,
sondern begnügt sich mit der Deutung: 'Quo isti accepto responso
[= ut requiescerent adhuc tempus modicum etc.] inenarrabili lae-
titia cumulantur, quam stolis albis recte credimus figuratam. Ac-
ceperunt ergo singuli stolas albas, id est, ut per caritatis perfec-
tionem, quae per spiritum sanctum infunditur in corde credentium,
hac consolatione contenti ipsi malint pro ceterorum numero fratrum
supplendo differri' [60]). Das Zeugenverhör könnte beliebig fortge-
setzt werden; das bisher vorgenommene dürfte genügen, um den
Kommentar zum Hebräerbrief mit aller Sicherheit dem Primasius
abzusprechen.

2) Gilt dies auch von dem Kommentar zu den paulinischen Briefen? Die Wiederholung desselben Beweisverfahrens
würde ermüden; ich wende mich zu einer allgemeineren Begründung.

Schon der erste Herausgeber, Gagney, hat richtig hervorgehoben, dass sich der Kommentar den Schriften des Hieronymus,

---

59) Migne Bd. 117 p. 917 B und Bd. 68 p. 838 A; hier ist nach den
Handschriften 'et vindicas' statt 'et non vindicas' zu lesen. Auch der Text
des Kommentars ist handschriftlich verbessert.

60) Diese Erklärung geht auf Ticonius zurück, wie die Vergleichung
mit den anderen Exegeten, die ihn ausgeschrieben haben, beweist — vgl.
Beatus (in apocalypsin commentaria, Madrid 1770, p. 305) und Beda (Migne
Bd. 93 p. 148 C). Beda (—735) trägt daneben auch die zu Hebr. 11, 39
angeführte Auslegung des Pseudo-Primasius vor, und es kann letztere, da
sie ja doch wohl aus einem Apokalypse-Kommentar stammt, von ihm oder
von Ambrosius Ansbertus (c. 770) oder von Berengaudus (nach 774) ent-
lehnt sein, bei denen sie sich ebenfalls findet (Migne Bd. 17 p. 922 C). Wir
kommen mit dem Kommentar zum Hebräerbrief nahe an die Zeit des Remigius von Auxerre heran.

Augustinus und Prosper anreiht, welche die kirchliche Lehre
zwischen der Scylla der pelagianischen und der Charybdis der mani-
chäischen Häresis unversehrt durchzuführen versuchten. Ausser-
ordentlich häufig sind Bemerkungen wie: 'hoc contra Pela-
gianos facit, qui dicunt quod lex iustificet' . . . . . 'quomodo blas-
phemant Pelagiani, quod ipsi suis meritis ad fidem venerunt
Christi?' . . . 'contra Manichaeos, quia negant Christum veram
carnem habuisse' . . 'contra Manichaeos, qui vetus testamentum
negant' . . u. s. w. Der Kampf beschränkt sich nicht auf die beiden Häresien. 'Omnis generis haereticos, sagen die Centuriatoren
mit Recht [62]), nominatim in arenam producit: Manichaeos, Pelagia-
nos, Arianos, Photinum, Nestorium, Jovinianum, quorum pravas
opiniones ostendit doctrinae Pauli adversari'. Der Kommentar
verfolgt mit angelegentlicher Sorgfalt die Aufgabe, die Häretiker
zu bestreiten, und bekommt dadurch einen völlig anderen Charakter als der Apokalypse-Kommentar des Primasius, in welchem so
selten eine Häresis erwähnt und z. B. des Pelagianismus mit kei-
ner Silbe gedacht wird. Der Gesichtskreis des Exegeten ist dort
und hier völlig verschieden.

Die Verschiedenheit kommt lediglich von dem Unterschiede
der Quellen her, die hier und dort benützt sind, könnte jemand
einwenden. Und in der That darf z. B. deshalb, weil zu Gal. V 26
eine Stelle aus Ciceros Rede pro Archia poëta c. XI citiert
wird, dem Verfasser nicht das Lob hervorragender Bildung ge-
spendet werden, wie es die Centuriatoren thun [62]): die Stelle ist
mit ihrer ganzen Umgebung aus dem an anderen Stellen ausdrück-
lich genannten Kommentare des Hieronymus zum Galaterbrief
herübergenommen. [63]) Aber selbst wenn alle Citate auf diese Weise

---

61) Die Stellen Migne Bd. 68 p. 430 D, 513 B, 445 B, 449 C und
viele andere.

62) Centuria quinta (Basel 1562) p. 1152 und p. 1149. Dazu vergleiche
bei Migne Bd. 68 p. 466 B, 510 B, 545 A, 630 B; 417 B: 521 C u. s. f.

63) Migne Bd. 68 p 602 D. 'Videas plerosque, quod etiam Tuilius
ait. libros suos de contemnenda gloria inscribere et causa gloriae proprii
nominis titulos praenotare'. Die Stelle bei Hieronymus: Migne Bd. 26
p. 453 A. Beim Hebräerbrief fehlte die Möglichkeit einer solchen Vergleichung.

nachgewiesen werden könnten, so bleibt doch stehen, dass der
Gesichtspunkt der Auswahl ein ganz anderer ist als im Apokalypse-
Kommentar. Und ebenso ist die Stellung zum griechischen Text,
der vor den 'latina exemplaria' bevorzugt wird, eine völlig andere.
Man muss auch hier mit Vorsicht zu werke gehen. Wenn
zu Gal. I 5 bemerkt wird: 'Amen Septuaginta transtulerunt γέ-
νοιτο, fiat; Aquila πεπείσθωμαι [?], so könnte auch Primasius
trotz seiner geringen Bekanntschaft mit dem Griechischen diese
Worte geschrieben haben; er brauchte sie nur dem Hieronymus
nachzuschreiben. [64]) Aber ganz anders steht die Sache z. B. bei
Gal. II 5 [und Rom. V 14]. Hier stehen sich der griechische
Text und das 'Latinum exemplar' oder der 'Latinus' schroff gegen-
über. Dort lesen wir: 'οἷς οὐδὲ πρὸς ὥραν εἴξαμεν τῇ ὑποταγῇ';
hier dagegen 'ad horam cessimus subiectioni'. Insonderheit für
die afrikanische Bibel ist letztere Fassung durch Tertullian hin-
reichend bezeugt. Er kämpft mit dieser Übersetzung wider den
Marcion, den dem üblichen griechischen Text folgte (adv. Marcio-
nem lib. V 3). Victorinus Afer (c. 350) behauptet sogar: 'in
plurimis codicibus et latinis et graecis ista sententia est: Ad
horam cessimus subiectioni' [65]). Auch der interpres des Irenaeus
hat diese Übersetzung. [66]) Welchen Text und welches Verfahren
bei der Auslegung dürfen wir nun von Primasius erwarten? Angenommen, er fand in der Quelle, die von ihm benützt wurde, und
die (was ja bei den Kommentaren des Hieronymus der Fall war)
aus griechischen Brunnen sich speiste, den Text: 'quibus neque
ad horam cessimus subiectioni': konnte er von diesem Texte aus-
gehen? Im Apokalypse-Kommentar stellt er ausnahmslos den Text
der afrikanischen Bibel, dem er folgte, voran, und in der Auslegung erwähnt er dann unter Umständen eine 'alia translatio'.
Das nämliche Verfahren wird an unserer Stelle von dem Ambro-

---

64) Migne Bd. 68 p. 585 C und Bd. 26 p. 341 B; hier steht richtiger
πεπιστωμένος.

65) Im Kommentar zum Galaterbrief Migne Bd. 8 p. 1159 A oder
A. Mai, scriptorum veterum nova collectio, Tom. III (Romae 1828) pars II
p. 12. In der That bietet die erste Hand des cod. Claromontanus (ed.
Tischendorf 1852) p. 261: πρὸς ὥραν εἴξαμεν τῇ ὑποταγῇ.

66) Adversus haereses lib. III c. 13, 3.

siaster, [67]) welcher die griechische Lesart aufs entschiedenste bekämpft, und von Sedulius beobachtet, obgleich zu seiner Zeit die lateinische Variante, weil von der Vulgata verschmäht, im allgemeinen aufgegeben war. [68]) Ganz anders Pseudo-Primasius. Der Text,

67) Migne Bd. 17 p. 366 D 'Graeci econtra dicunt: Nec ad horam cessimus et hoc ainnt convenire causae'. Dann folgt eine entschiedene Zurückweisung. Den allgemeinen Gesichtspunkt, der dabei in Betracht kommt, betont der Ambrosiaster nachdrücklich zu Rom. 5, 14, wo der lateinische Text, ebenfalls mit Auslassung von non, lautete: 'Sed regnavit mors ab Adam usque ad Moysen in eos, qui peccaverunt in similitudinem praevaricationis Adae'. Die Worte sind, auch zur Würdigung der Apokalypse-Übersetzung, so beachtenswert, dass ich sie hersetze. 'Et tamen sic praescribitur nobis de graecis codicibus [= καὶ ἐπὶ τοὺς μὴ ἁμαρτήσαντας], quasi non ipsi ab invicem di●repent, quod facit studium contentionis. Quia enim propria quis auctoritate uti non potest ad victoriam, verba legis adulterat, ut sensum suum quasi verba legis asserat, ut non ratio sed auctoritas praescribere videatur. Constat autem porro olim quosdam latinos de veteribus graecis translatos [esse] codicibus, quos incorruptos simplicitas temporum servavit et probat: postquam autem a concordia animis discedentibus et haereticis perturbantibus torqueri quaestionibus coeperunt, multa immutata sunt ad sensum humanum, ut hoc contineretur in litteris quod homini videretur, unde etiam ipsi Graeci diversos codices habent. Hoc autem verum arbitror, quando et ratio et historia et auctoritas observatur: nam hodie quae [scripsi pro que] in latinis reprehenduntur codicibus, sic inveniuntur a veteribus posita, Tertulliano, Victorino et Cypriano'. A. a. O. p. 100 und 101.

68) Ed. princeps (Basileae 1528) fol. 71b. 'Quibus ad horam cessimus. Qui nec Titum circuncidimus. Male in latinis codicibus legitur, quibus ad horam cessimus'. Es ist hier nicht der Ort, den Wert oder Unwert der lateinischen Lesart zu bestimmen. Bengel macht auf ähnliche Stellen aufmerksam. 'Saepe non omissum in codd. lat. ut in hac ipsa epistola c. 5. 8; item Joh. 6, 64; 9, 27; Rom. 5, 14; I. Cor. 5, 6; 9, 6; Col. 2, 18 [p. 391] et vicissim additum Matth. 8, 30. Omnino apud Latinos tam lubrica sub calamo est non particula, ut de negationibus, quae Pandectis Florentinis recte, male additae vel detractae sunt, permulta disserant Ant. Nebrissensis Quinquag. cap. XXXII. Ant. Augustinus l. IV Emend. c. 17 et iusto libro Siegm. Reich. Jauchius. Saepe etiam in graecis aliisque οὐκ omissum. Vide var. Joh. 1, 31 [p. 240]: Rom. 4, 19 [p. 324]; I. Cor. 3, 7; 4, 7 [p. 344]; II. Cor. 7, 3 [p. 367]; 12, 1 [p. 370]'. Apparatus criticus ed. II p. 373. [Ich habe in den Fällen, in welchen Tischen-

welcher für ihn Autorität ist, folgt den Griechen. Und nur neben-
bei wird dann erwähnt: 'Latinus habet: Quibus [?] ad horam cessimus.' [69]) Man sieht, dass zwischen dem Verfahren des Primasius
und dem des Pseudo-Primasius ein direkter Gegensatz besteht.

---

dort die Variante nicht angibt, die Seitenzahl des Apparats beigefügt].
Bengels Beobachtung entkräftet doch nicht die Bemerkung des Ambrosiaster.
Die Frage verdiente eine besondere Behandlung.

69) Migne Bd. 68 p. 587 C. Wenn man die verschiedenen Kommentare
zu den paulinischen Briefen (in grösserer Vollständigkeit, als es Sabatier gethan hat) unter dem Gesichtspunkt unserer Stelle vergleicht, so ergeben
sich drei verschiedene Klassen.

1) Ganz auf Seite der Griechen steht hier in Text und Auslegung
nur Augustinus (Migne Bd. 35 p. 2112). Remigius [= Haimo], der sonst
meist dem Hieronymus folgt, schliesst sich hier an Augustinus an, ohne
die andere Auslegung zu erwähnen (Bd. 117 p. 676).

2) Die allermeisten Lateiner schwanken. Sie folgen dem von der
Vulgata recipierten griechischen Text, zeigen sich aber in der Auslegung
mehr oder weniger abhängig von der lateinischen Tradition. Letztere wird
mit Namen hervorgehoben von dem Chorführer dieser Klasse, Hieronymus
('si latini exemplaris alicui fides placet' Bd. 26 p. 359 C) und von Pseudo-Primasius ('reddit causas quare secundum latina exemplaria circumcideret
Titum' und 'Latinus habet etc.' a. a. O.). Den Einfluss der Tradition ohne
ihren Namen findet man bei Pseudo-Hieronymus [Pelagius?] ('reddit causas cur circumcidit Titum' Bd. 30 p. 845) und noch weiter abgeschwächt
in der glossa ordinaria des Walafrid Strabo ('cessit ergo propter illos,
quod per se non faceret, humilians se legi, circumciso — Timotheo [!]'
Bd. 114 p. 573) Die Tradition hatte ein so zähes Leben, dass selbst noch
Cornelius de Lapide (—1637) sie bekämpfen zu müssen glaubte; er knüpfte
sie an den Namen des Primasius (Comm. in omnes epistolas Pauli; ultima
ed. 1627 fol 42).

3) Den lateinischen Text haben der Auslegung zu grunde gelegt
der Ambrosiaster mit entschiedenster Bekämpfung der Griechen (Bd. 17
p. 366 D), Marius Victorinus Afer (multis modis probatur legendum ita
esse: Ad horam cessimus subiectioni' Bd. 8 p. 1159 A), Sedulius (vgl.
Anm. 68) und — der Bischof Claudius von Turin, ein Zeitgenosse Ludwigs
des Frommen, dem er seinen Kommentar zum Epheserbrief widmete (Bd.
104 p. 856 B). Er verfährt so, wie man von Primasius erwarten müsste.
Er schickt den lateinischen Text voraus, bevorzugt aber, dem Hieronymus
folgend, die Auslegung der griechischen Lesart und hält die lateinische
nur in dem Sinne für annehmbar, dass 'ad horam cessio' nicht die Be-

Es gleicht der Probe zum Exempel, wenn wir schliesslich den Bibeltext des Kommentars im ganzen ins Auge fassen. Wie die Auslegung grossenteils dem Kommentare des Hieronymus entnommen ist, so folgt auch der Text mit geringen Varianten dem der Vorlage.[70]) Namentlich findet keine nähere Berührung mit dem afrikanischen Texte statt. So lautet z. B. die Stelle Gal. V 19—21 (ich gebe in Klammern die Abweichungen von Hieronymus = H): 'Manifesta autem sunt opera carnis, quae sunt fornicatio, inmunditia, impudicitia (*om. H.*), luxuria, idolorum servitus, veneficia, inimicitiae, contentiones, aemulationes, irae, rixae, dissensiones, sectae (haereses *H.*) invidiae, homicidia (*om. H.*), ebrietates, comessationes et his similia'. Es ist der heutige Vulgatatext, der hier bei Hieronymus fast ganz, bei Pseudo-Primasius ganz und gar vorliegt. Wie viel anders aber lauten die Verse in den Testimonien Cyprians (l. III c. 64, und wörtlich ebenso de dominica oratione c. 16): 'Manifesta autem sunt facta carnis, quae sunt adulteria, fornicationes, inmunditiae, spurcitiae, idololatriae, veneficia, homicidia, inimicitiae, contentiones, aemulationes, animositates, provocationes, simultates, dissensiones, haereses, invidiae, ebrietates, comisationes et his similia'. Der Kommentar des Spaniers Claudius, Bischofs von Turin, erinnert hier mit dem Wort 'animositates', das sich bei ihm in der Aufzählung der Fleischeswerke findet[71]), mehr an den afrikanischen Text als der nun genügend besprochene Kommentar zu den paulinischen Briefen.

Es dürfte erwiesen sein, dass der letztere nicht von Primasius stammt[72]). Eine eingehende Vergleichung mit dem nahe ver-

---

schneidung des Titus, sondern die Reise nach Jerusalem zu den Aposteln zu bedeuten habe. So hatte sich Hieronymus aus der Schwierigkeit herausgewunden.

70) Ich hoffe, an einem anderen Orten die Varianten mitteilen zu können. P. Corssen wird bei Fortsetzung seiner verdienstvollen Vulgata-Studien (Vorläufer: epistula ad Galatas. Berlin 1885) den Text in den Kommentaren des Pseudo-Primasius und des Remigius mit Nutzen zur Vergleichung beiziehen. Überhaupt bedürfte der Text aller der Anm. 69 genannten Kommentare einer vergleichenden Bearbeitung. Die Texte der folgenden Stelle finden sich bei Migne Bd. 68. p. 601 B und Bd 26 p. 442 C.

71) Migne Bd. 104 p. 899.

72) Der Beweis hat sich besonders auf die Erklärung des Galater-

wandten Kommentar des Remigius und die Untersuchung des Ver-
hältnisses beider Kompilationen zu den Werken des Hieronymus
und Augustinus wird vielleicht zu näheren Aufschlüssen führen.
Ich vermute, dass die Arbeit gallischen Ursprungs ist. Ein Beispiel, das nur die beiden Kommentare zur Erläuterung von 'usque
ad' (Rom. V 14) beibringen, unterstützt diese Vermutung. Es
soll gezeigt werden, dass der Ausdruck 'bis zu Moses' den Sinn
habe von 'einschliesslich des Moses'. 'Sicut dicimus verbi gratia:
Fuerunt Hunni usque ad Attilam' bemerkt Pseudo-Primasius.
'Regnaverunt Hunni usque ad Attilam regem id est usque ad
mortem Attilae regis' (— 453) schreibt Remigius [73]). So leicht
einem Gallier dies Beispiel in die Feder floss, so auffallend wäre
es bei einem Afrikaner. Wenn meine Vermutung richtig ist, so
erklärt sich auch am einfachsten die Thatsache, dass nur in Süd-
gallien sich eine Handschrift des Pseudo-Primasius (bis zur Zeit
Gagney's) erhalten hat. Es war eben dort, wie es scheint, die
Heimat des Kommentars.

§ 3. Älteste Ausgaben und Handschriften des Apokalypse-Kommentars.

1) Im J. 1544 erschienen unabhängig von einander zwei edi-
tiones principes, in Paris und Basel. Grässe (trésor de livres
rares et précieux Tom. V 1864 p. 444) führt sie beide an. 'Primasius. Super apocalypsim libri V iam primum typis excusi Paris.
ap. Vivant. Gaulterot (ou Joa. Foucherium) 1544 in 8⁰. Bas..
Rob. Winter 1544 in 8⁰.' Die Pariser Ausgabe konnte ich bis jetzt
in Deutschland nicht auftreiben [1]); die Pariser Nationalbibliothek
versendet aber nicht einmal in die Departements, geschweige denn
ins Ausland, gedruckte Bücher. Übrigens liegt, wie es scheint,

---

briefes gestützt. Dass aber die Kommentare zu sämtlichen paulinischen
Briefen ein einheitliches Ganzes bilden, ist noch von niemand bezweifelt worden.

73) Migne Bd. 68 p. 441 B und Bd. 117 p. 406 B. Wahrscheinlich
ist hier von beiden Kompilatoren eine gemeinsame, uns unbekannte Quelle
benützt worden.

1) Wer kann ein Exemplar in einer deutschen Bibliothek nachweisen?
Ich wäre für den Nachweis sehr dankbar.

diese Ausgabe den späteren Drucken des Kommentars in den Väterbibliotheken (z. B. Bibl. PP. Max. Lugd. T. X fol. 287 ff.) und bei Migne Bd. 68 p. 793 ff. zu grunde und kann von hier aus erschlossen werden.[2]) Ich bezeichne den üblichen Text des Kommentars mit *v*. Von der Baseler editio princeps (= b) wird bei' Besprechung des Apparats die Rede sein.

2) Hänel, catalogi librorum manuscriptorum (Lips. 1830) führt keine Primasius-Handschrift auf. Dagegen weist Montfaucon, bibliotheca bibliothecarum (Paris. 1739) auf zwei Handschriften hin.

a) In den Manuscripten des D. Claude Etiennot († 1699) findet sich ein Verzeichnis von Handschriften der Vaticana, in welchem unter anderem steht (Montf. 133 D.): 'Primasii episcopi commentaria. Junilii de partibus divinae legis. Martini Bracarensis opera. 453. 634. 3087. 5370'. Meine Nachforschungen nach dieser Handschrift sind bisher resultatlos geblieben[3]).

b) Unter den codices manuscripti biblioth. monasterii S. Germani a Pratis wird (Montf. 1125 C.) genannt: cod. 94 Primasii episc. in Apocalypsin. Die Handschrift wird von mir mit *G* bezeichnet.

3) Ausser der letztgenannten Handschrift sind mir noch zwei andere bekannt und zugänglich geworden.

a) In den von G. Becker zusammengestellten catalogi bibliothecarum antiqui (Bonn 1885) werden sechs Handschriften des Apokalypse-Kommentars nachgewiesen.

Von diesen scheinen fünf nicht mehr vorhanden zu sein (ein cod. Augiensis p. 10 nr. 349, cod. ecclesiae Centulensis sive S. Richarii = St. Riquier p. 26 nr. 101, zwei codd. Bobienses p. 67 nr. 218 und 219, cod. monasterii S. Bertini = St. Bertin p. 184 nr. 211 und cod. Corbeiensis p. 190 nr. 253). Dagegen bewahrt die Karlsruher Staatsbibliothek eine alte Reichenauer Handschrift, die mit

---

2) Diese Vermutung kann sich auf Cave (script. eccles historia literaria, Genevae 1720, fol 339) stützen, wenn er bemerkt: 'Utraque Primasii commentaria (= in epistolas S. Pauli et in Apocalypsin) habentur a Gaguaeo edita Lugduni 1543 et in bibliotheca patrum Tom X.'

3) Kihn (a. a. O. S. 310) gibt, gestützt auf eine Mitteilung des P. J. Bollig S. J., an, dass von den oben bezeichneten Handschriften keine einzige mehr in der Vaticana vorhanden sei. Auch Herr Professor Caspari und Dr. Leo Sternbach haben die Primasius-Handschrift nicht finden können.

dem cod. Augiensis p. 10 nr. 348 identisch zu sein scheint. Nur sind jetzt die zwei Bestandteile der Handschrift (in apocalypsin explanat. lib. V — et VII epistolas canonicas et apocalypsin in cod. I) in umgekehrter Reihenfolge gebunden; es steht der Vulgatatext der kanonischen Briefe und der Apokalypse voran, und dann folgt der Kommentar des Primasius. Ist wirklich die Identität begründet, so muss die Handschrift vor dem J. 822, dem Jahre des von Becker mitgeteilten Kataloges, geschrieben sein. Der Charakter der Schrift weist auf das Ende des achten oder den Anfang des neunten Jahrhunderts hin. Ich danke Herrn Oberbibliothekar Professor Dr. Brambach für die grosse Liberalität, mit welcher dieser wichtige Codex, auf den mich Herr Professor Dr. Caspari in Christiania zuerst aufmerksam gemacht hat, mir zur Vergleichung überlassen worden ist (= cod. *A*.) [4]).

b) Die Pariser Nationalbibliothek enthält ausser dem cod. Sangermanensis eine aus der 'Bibliothek Jac. Augusti Thuani' († 1617) stammende und dann in die Bibliothek Colbert's († 1683) übergegangene Handschrift (= cod. *C*). Beide Handschriften sind durch diplomatische Vermittlung der hiesigen k. Universitätsbibliothek übersandt worden. Ich danke allen in Betracht kommenden inländischen und ausländischen Behörden, insbesondere den kgl. Staatsministerien des Inneren und des Äusseren, sowie Herrn Universitäts-Bibliothekar Dr. Zucker für ihr freundliches Entgegenkommen. [5])

---

4) Für die Zuverlässigkeit, mit welcher diese Handschrift aus ihrer Vorlage abgeschrieben worden ist, bürgt das treuherzige Geständnis des Schreibers der drei ersten Bücher des Kommentars Die in merowingischer Schrift geschriebenen Worte lauten: 'Explicit liber tercius: gratias deo amen. amen. | Ego Alboinus, monachus inutilis et peccator, iuxta quod intellectum | habui, laboravi in istum librum tribus digitis alioprum ad utilitatem et hic librum produxit et hic finivit | quorum hic finivit queso ut sit orator verbi: quorum | Johanne apostolo electissimo pontifice [dieses Wort an Stelle einer Rasur] ut ipse sit | redditor rationem verbi et orationi illius'. Der letzten Sätze Sinn ist dunkel; aber klar ist, dass der Schreiber nicht so viel Sprachkunde besessen hat, um, wie andere Schreiber, eigene Textänderungen vornehmen zu können.

5) Der § 4, in welchem eine genaue Beschreibung der verglichenen Handschriften gegeben werden soll, kann erst mit Vollendung der ganzen Arbeit abgeschlossen und veröffentlicht werden. Dort sind auch die Grundsätze der Textbehandlung zu erörtern.

A = codex Augiensis 222, saec. VIII ex. vel saec. IX in.

A^1 = prima manus, A^2 = manus codicem corrigentis; aeque apud reliquos codices.

C = codex Colbertinus, nunc Parisinus 2185, qui partim saec. X, partim saec. XI – XII scriptus esse videtur.

G = codex Sangermanensis (94), nunc Parisinus 13390, saec. IX.

b = editio princeps quae ex codice Benedictinorum in Murbach coenobii vetustis characteribus scripto prodiit Basileae apud Robertum Winter 1544.

v = editio vulgata.

v^{Mign} = ed. in patrologiae cursu completo; series latina, accurante Migne, Tom. 68 (1866) p. 793 – 936.

v^{Bibl} = ed. in maxima bibliotheca veterum patrum, Tom. X (Lugduni 1677) fol. 288 – 339.

Prologus.

Tuis, vir inluster et relegiose Castor, suasionibus adquiescens
sic librum apocalypsis beati Johannis multis mysteriis opacatum
in adiutorio domini nostri Jesu Christi licet exiguis susciperem
5 viribus exponendum, ut non meis tantum solis fuerim contentus
inventis, sed quamquam numero pauca, si qua tamen, a sancto
quoque Augustino testimonia exinde exposita forte repperi, indubitanter adiunxi. sed etiam a Ticonio quondam Donatista certa, quae
sano congruunt sensui, defloravi et ex eis, quae elegenda fuerant,
10 exundantia reprimens inportuna resecans et inpolita componens
catholico moderamine temperavi. multa quippe in ipso eius opere
repperi et supervacua et inepta et sanae doctrinae contraria, ita ut

1 OPUS PRIMASI AFFRICANI EPI CIVITATIS IUSTINIANE IN
APOCALIPSIN BEATI IOHANNIS LIBRI QUINQUE; INCIPIT PROLOGUS
PRIMASI EPISCOPI A, IN NOMINE DI PATRIS ET FILII ET SPS
SCI . OPUS PRIMASII . AFRICANI EPI CIVIT IVTICINAE IN APO-
CALYPSIN BEATI IOHAN LIBRI V C, EXPLICIUNT CAPITULA
[quae om. ACb] INCIPIT PROLOGUS G, Primasii episcopi Africani D.
Augustini quondam discipuli in commentarioru libros quinque in Joannis
apostoli apocalypsim praefatio ad Castorem virum illustrissimum b
2 Tues A¹ inluster A¹, cf. Neue, Formenlehre der lateinischen Sprache
1875 II² p. 11, illuster b, inlustris A²CG relegiose AG, religiosi C; cod. A
in compositis derivatisque verbi 'legere' scribendis constanter praebet e, ut:
elegenda. collegi etc. Castori CGv 3 apocalipsis A oppacatum C
4 dni nri ihu xpi A; similiter saepissime susciperem Ab, susceperim
CGv; cum hoc usu coniunctivi imperfecti conferas similem locum in hoc
prologo: quicquid veritas personaret = personat 5 solis tantum Gv
6 inventionibus G 7 agustino AG 8 ticonio Gv, thiconio A,
tyconio C quodam donatista C², donatista quodam G, donatista quondam v 9 elegenda AC¹G 10 importuna A¹ 12 et (post inepta)
om. G sane doctrine A

et de causa, quae inter nos et illos vertitur, secundum pravitatem
cordis sui loca nocentia captaret nostraeque ecclesiae noxia expositione putaret mordaciter inludendum. nec mirum, quod hereticus rem sibi congruam fecerit, sed vel quod invenire potuit de-
floranda. quod tamen ille facere iniuste temptavit, nobis cura fuit 5
locorum oportunitatibus nactis veraciter exsequi eorumque errorem
convincendo cassare. sicut enim preciosa in stercore gemma pru-
denti debet cura recollegi et repperta dignitati ingenuae revocari,
ita, undecumque veritas clareat, catholicae defendenda est unitati:
huic enim soli conpetit, quicquid veritas foris etiam personaret. 10
iuste namque fides a perfidis collegit, quod sui iuris esse cogno-
verit. nec prodesse potest alienigenis usurpatum sed filiis, cum
iuri matris fuerit redditum. sic autem Donatistae hinc extolli non
debent, sicut de sermone Caiphae quem dixit: *Expedit ut unus
homo moriatur pro turba* Judei non debent gloriari. sed nec nostris 15
esse debet offensio. si qua enim fuerint ecclesiasticis utilitatibus
profutura, nostris sunt instructionibus applicanda neque adtendenda
persona dicentis sed qualitas consideranda est dictionis. sic Moy-
ses *eruditus omni sapientia Aegyptiorum* post divini sermonis allo-
quium, cuius pridem meruit beari consortio, Jotor socerum suum, 20

14 Joh. 11. 50   19 cf. Act. 7, 22

1 ut de causa *Gv*   2 nocenti• *A*2 *ultima littera erasa*   captare *AC*1*b*   captare ur̨e qu•e *A*2, captaret quib; nr̄ac ** *C*2 (*s. l. m.* 2 *add.*
quib:) 3 potaret *A*1, putare *b*   nocentia .. putaret] nocendi capta acia .
expositione putaret *G*   hereticus *A*1*CG*, hereticus *A*2 4 feceret *A*1 sed . .
potuit] scilicet quod sibi convenire putavit *C*2 5 curae *CGv* 6 oportunitatibus *ACG*   nactis *C*2, nanctis *G*   exequi *G*1   eorumque] eorum
qui *A*1*b*   errore *G*, errorum *r*   7 cessare *C*1, quassare *C*2   enim] autem
CGv   pretiosa *C*, praetiosa *G*   8 a prudente debet curari, colligi *r*
recolligi *A*2*CG*2*b*   dignitate *A*1*b*, dignitati *A*2*CGv*   ingenue revocare *Ab*
9 catholica *C*2*b*   unitate *Ab*, unitas *C* 10 etiam] iā *C*, etiā *G*   personaret
*A*1*b*, personarit *A*2*C*1*Gv*, personaverit *C*2   11 colligit *A*2*CGb* 12
alieniginis *A*, alienis *Gv* 13 verae matri *A*2*CGv*   non . . ser-
mone] *om. C* 14 quem *A*1*b*, quo *A*2*CGv*   unus (homo *G*) moriatur pro
populo *Gv* 16 debet esse offensio *Gr*   ecclesiasticis *A* 17 adpli-
canda *G* 18 qualitas] lingua *C*2 19 omnem sapientiam *Gv*   egipti-
orum *A* 20 beati *v*   Jotor *A*1, Jethor *A*2, Jethro *Gb*, Jethron *v, om. G*

mitissimus rudem, peritus ignarum, magister copiosae multitudinis singularem, Israhelita gentilem devotus audivit eiusque consilium sequens mox utilitatem praedictam invenit: cum regendi populi communicanda per multos onera partiretur, specialiter levigatus.
5 sic certe ab ethnicis auctoribus probabiliter dicta et apostolicis praedicationibus sociata nostro profectui usu meliore cesserunt, unde tamen non sinuntur gloriari gentiles.

Extenditur autem hoc opus in libros quinque: quorum lectio qualem studiosis sit latura profectum, experimento melius quam 10 nostra pollicitatione probabitur. verum quia pro diversitatibus opinantium diversis me modis arbitror fore culpandum, cum alii de huius operis coeperint prolixitate causari, alii autem libri profunda pensantes de exiguitate magis censuerint arguendum, tali primos reor sermone placandos, quod satius me fatear de pauci-
15 tate notandum, eo quod latentem ibi mysteriorum plenitudinem divinorum nec penetrare conpetenter queverim nec ea quidem quae intellegi potuerunt idoneo valuerim sermone proferre. secundis vero hoc alloquio satisfactionis insinuem nihil me dominis conservisque meis malivole subtraxisse sed ignorantiae confessione de
20 exiguitate malle veniam postulare. si enim experto non crederem, sancti tamen Hieronymi edoctus sententia didicissem, qui de hoc

3 cf. Ex. 18, 22 sq.

1 ignarus G   copiosi A, copiosae CGbv   2 isrlita A, israhelita C, his relicta [sic!] G   3 utilitatem mox Gv   4 partiret A¹, partiretur A²CGb, portarentur v   levigarit [?] A¹, leviga*tus A², levigatus CGv, levigantur b   *fortasse per asyndeton Afris usitatissimum scribendum est* levigaret   5 certe] recte v   &hnices A¹, etnicis G   et om. G
6 usu] iussu v   meliori G   7 sinuut A¹   8 extendit A¹   9 quale A   experto AGbv, experimento C, *ubi* experto *deletum est et a manu prima in margine positum*: experimento   10 pollitatione A   quia om. Cv   pro . . . opinantium om. G   12 causare A¹   13 exigutate A¹   tale A¹, tales b, tali A²CGv   14 primus A¹   placandus A¹ fateor C²   16 queverim A¹, quiverim CGbvᴹⁱᵍⁿ, quieverim vᴮⁱᵇˡ

17 valuerint G   18 alliquio G¹   satis factiones A¹   nihil C   me om. C   19 malevole bv   ignorantia A   confessionem Gv   20 mallem v   postolare G   crederent C   21 hieronimi ACG edocti C, doctus G   dedicissem A¹, didicissent C

libro docens dicit: '*Apocalypsis Johannis tot tibi sacramenta quot verba: parum dixi et pro merito voluminis laus omnis inferior est. in verbis singulis multiplices latent intellegentiae*'. his intercedentibus et veniam humilis confessio promeretur et praecelsi dignitas libri credentibus saltim, etsi necdum intellegentibus, innotescat. 5 nam cum intellegentibus alibi raro interponi soleat tropica proprietati narratio, hic tamen aut frequenter intexitur aut condensior figura sensus generatur ex altera aut una eademque res sic variis profertur adumbrata figuris ut non eadem credatur repeti potuisse sed altera, quod et in principio Hiezechihelis et in aliquibus Da- 10 nihelis visionibus invenitur, sed hic amplius. pro qua re me infirmem nostis vestris amplius orationibus adiuvandum.

1 Hieronymi ep. 53 ad Paulinum § 8.

1 docens] loquens *Gv*　　Apocalipsis *A*　　ibi *ACG¹b*, habet *G²v* quod *A¹G*　　2 parvum *C*　　3 in verbis] in his verbis *v*　　4 promeritur *A¹*　　5 saltim *AC*, salutë *G*　　innotiscat *A¹*, innotescit *v* 6 intellegentibus *om. CGv*　　7 propretate *A¹*, proprietate *b*　　frequentiör *b*　　intexitur *CGv et A s. l. m. 1, om. b*　　8 sensim *A²CGv figura sensus est allegoria*　　9 perpeti *A¹b*　　10 et *om. C*　　in primo *G* Hiezechielis *A*, Ezechihelis *CG*　　11 Danielis *AG*　　haec *b*　　12 infirmum *A²CGbv*　　vestris orationibus amplius *C*, amplius vestris orationibus *Gv*　　12 EXPLICIT PROLOGUS INCIPIT LIBER IN EXPOSIT BEATI JOHANNIS LIBRI QUINQ: *A*, 1 DE LIBRO APOCALYPSIS BEATI JOHANNIS *C*, EXPLICIT PROLOGUS INCIPIT LIBER PRIMUS DE LIBRO APOCALIPSIS BEATI JOHANNIS *G*

Recapitulatio.

Quoniam suscepti operis plenitudo debito properat fine concludi et diffusa latius multipliciterque digesta cum difficultate
novimus conprehendi: quia nec conpetens cunctis memoria suffra-
5 gatur nec relata rebus singulis loca velox intentio poterit coaptare:
necessariis cogendum puto conpendiis, ut totius libri auctoritate
decursa sic omnis series brevi recapitulatione iterum evolvatur in-
sinuata per partes, ut omnium quinque librorum textus uno sum-
matim loco clareat definitus: cum et partitionem recipit singulorum
10 et plenitudinem videtur optinere per totum.

I. (I 1 — III 22) In septem angelis ecclesiarum totidem
universalis ecclesiae unitas cum necessaria nominum interpositione
describitur, quam in candelabris quoque aureis designatam malos
bonis nunc docet habere permixtos: quorum diversa qualitas vel
15 mulcetur laudibus ad profectum vel increpationibus culpatur ad
notam.

II. (IV 1—11) Hanc etiam in XXIV senioribus cognoscendam
per Christi dispensationem et evangelistarum praedicationem iterata
significatione describit. haec quidem in primo.

18 dispensatio = οἰκονομία cf. I. Cor. 9, 17; Eph. 1, 10; 3, 2 et 9
Col. 1, 25 *secundum Vulgatam*

1 Anacephalaeosis *b*, *praetuli nomen quo ipse utitur Primasius*; *omnia
quae sequuntur om. C*   2 debito (devoto *AG*) .. concludi] devoto et
debito propterea fine concludi *v*   3 dificultate *A*   4 conprae-
hendi *G*   5 relate *G*   loco *G*   poterat *b*   coaptari *G*
6 agendum *AGv*   puto] existimo *v*   ut *om. b*   7 sic omnis
AGb, conclusionis *v*   revolvatur *G*   8 tectus *G*   9 & cū et *G*
particionem *A*   recepit *Av*   10 videtur] detur *b*   11 *Numeros* I—XIX
praebet *b*, om. *AGv*; *capitula versusque quibus nunc utimur addidi*   in
septem itaque angelis *v*   12 nominum *Gbv*, nimirum *A*   14 nunc
om. *v*   docet *Gbv*, diċ *A*   17 in *om. b*   19 in libro primo *b*

III. (V 1 — VI 2) In secundo autem libro huius capiti Christo signati dignitas libri peractae dispensationis merito dicitur retribui, ut duo in carne una, Christus et ecclesia, possit intellegi, et in ipso omnes thesauri sapientiae absconditi ante latuisse, in quo docentur revelati suo tempore refulsisse. idem in equo albo 5 actu pridem paruit missus, qui visu processisse dicitur revelatus.

IV. (VI 3—11) Post Christi de morte triumphum inpugnationes futuras ecclesiae et humani generis plagas enumerat, quas per significationes equorum rufi nigri pallentisque dicit inrogandas, quibus nascituros sub ara dei memorat martyres. 10

V. (VI 11—17) Sextam mundi aetatem sexto signo denuntiat grandi persecutionis impetu in fine venturam.

VI. (VII 1—17) In quattuor angelis regna mundi quattuor consona Danihelo voce testatur, quos electorum numerum ledere Christi primus vetuisse narratur adventus: qui ne transitorio fuis- 15 sent praetereundi relatu, XII tribuum nomina cum numero indidit signatorum, adque ut unam [et] ex genere Israhel et ex gentibus existere monstraret ecclesiam, gentium mox vocationem adiunxit, quorum et ex operibus fidem et fidei voluit narrare mercedem.

VII. (VIII 1 — IX 12) In tertio quoque libro ecclesiam in 20 septem angelis ac tubis grata repetitione suo more describit, quam externis et intestinis memorat persecutionibus ac periculis exercendam, quando post unum angelum, qui super altare dei stabat cum turabulo aureo, secundum, tertium et quartum videtur oppo-

3 Cf. Eph. 5, 31 et 32   Col. 2, 3   6 paruit = apparuit. *ut sarpissime*

2 peracte *A*   3 carna *G*   4 sapientiae] et scientiae *add. v*   6 processesse *A*   9 pallentesque *Ab*   10 nasciturū *b*, nascitur *v*   11 sixto *G*[1]   12 grandini *G*   impetum fine *G*[1]   14 Danieli *bv*   quo *G*[1]   numero *AGv*   delere *A*   15 vetuisse narrat *G*, v&usse narratur *A*, vetus enarrat *v*   qui n&ransiturio *A*, quin e transitorio *b*, qui nec transitorio *Gv*   16 praetereunda relata *b*   quum *b*   indedit *A*   17 atque *Gbv*   & genere isrl *A*   et ex *scripsi*   18 Vocatione *b* adiunxit *G*[1]   19 et [prius] *om. Gbv*   ut fidei *G*   Haec quidem in libro secundo *add. b*   21 reppetitione *A*   suo more] summari *b*   discribit *A*   22 a periculis *b*   24 turabolo *G*[1], thuribulo *bv*

suisse contrarios et interposita rursus in aquila ecclesiae mentione
de puteo abyssi in locustis fumeis equisque bellantibus prodire
dicit hereticos, quorum morsus ut scorpionum; in quibus unum
vae dicit abisse.

5 VIII. (IX 13—21) Angelorum quattuor solutio cum numero octo-
genario et bis myriades myriadum, quibus equites cum loricis igneis
et sulphorineis iungens heresiarces diverso modo describit et
errorem mox gentilitatis adnectit, quod ad vae secundum est re-
digendum.

10 IX. (X 1—11) In angelo nube amicto primus Christi designatur adventus, cuius praedicatione ex bonis in ore dulcedinem,
ex malis in ventris infirmitate dicit amaritudinem procurari. in
voce autem septimi angeli finis sextae aetatis et initium septimae
nuntiatur.

15 X. (XI 1—18) In duobus martyribus duo martyrii genera
cognoscenda et vae tertium venisse dicit.

XI. (XI 19— XII 17) Secundi adventus interposita mentione
Christi rursus nativitas aperto dei templo narratur in caelo id est
ecclesia, quae vestigia sui capitis sequens victrix de pugna dicitur
20 exstitisse draconis.

XII. (XIII 1—18) In quarto proinde libro de bestia dispu-
tatur, quam habere dicit cornua decem et capita septem, in qua
adversitas designatur Christo ecclesiaeque contraria, quam acsi
ad tempus signis dicit in Antichristo valituram, patientia tamen
25 tolerandam esse sanctorum, et prudentia notam nomenque bestiae
vel numerum praemonet indagandum.

1 aquilae mentione ecclesia *v*   mentionē *G*   2 fumis *b*, fumo *v*
3 her&icos *A*   scurpionū *A*   4 abiisse *b*   6 miriadis miriadū *A*,
miriades miriadum *G*, myriadis myriadum *v*   lubricis *G*   7 sulphureis *bv*
heresi arces *AG*, haeresiarches *b*, haeresiarchas *v*   mundo *A*   discribit
A   9 rediendū *A*, regendū *G*   11 praedicatio *AGb*   more *G*
dulcidinē *A*   12 infirmitatē *A*   amaritudine *AG* procreari *v*
13 sexte *A*   septime *A*   16 testinm *b*   17 Secundi . . . mentione *priori particulae* (X) *adiungit b*   19 sequendo *v*   20 exst&isse *A*,
extitisse *G*   draconis] Haec quidem in libro tertio *add. b*   22 capita septem
et cornua decem *v secundum Vulgatam*   23 etsi *v*   24 anticristo *A*,
antexpo *G¹*   valiture *A*, valituraeG   patienti attamen *v*   25 et prudentia :
notam *b*, et prudentiā; Notā *A*, prudentiam. Notam *v*, prudentiam notam *G*
nomen *G*   bestie *A*   26 indicandū *A*

XIII. (XIV 1—13) Posthaec constantem in electis ecclesiam circumscribit nomine agni censitam et sacrato numero titulatam.

XIV. (XIV 14—20) Item Christum diverso schemate super nubem albam sedentem adserit coronatum cum falce messoria.

XV. (XV 1 – XVII 18) Septem plagarum mentione subiuncta 5 et sanctorum relata victoria cum Judaeorum manente duritia et inconparabili persecutione futura damnationem memorat meretricis, quam fucato mulieris cultu describit, cui in capitibus VII et cornibus X et secularem potentiam et occultam dicit inesse nequitiam.

XVI. (XVIII 1 – XIX 10) Quinto etiam libro diverso relatu 10 idem Christi insinuatur adventus, quem nomine angeli dicit de caelo descendere suaque potestate et claritate inluminata terra Babylon memorat fuisse distructam: quae cum multis significata vocabulis praedicitur ruitura, conmissae iniquitatis debita monstratur multari vindicta. ubi sanctorum profecto dignitas in senioribus 15 et agni nuptiis et byssino mundo fuerat memoranda.

XVII. (XIX 11 – XX 10) Hinc diadematis insigne gestantem, equo albo sedentem cum bestia certasse describit suisque catenis diabulum per annos mille dicitur alligasse, ut solutam seducendi gentes amiserit potestatem.   20

XVIII. (XX 11 – XXII 12) Pro futuri forma iudicii in throno candido sedentem ipsius memorans Christi secundum rursus designat adventum, quando elementorum innovatione caelum novum terramque futuram describitur; et novam Hierusalem sponsam agni patriarcharum apostolorumque fundamine solidatam promissam dicit 25

2 per nomen *b* & [= et] *rasura deletum est G*   3 scemate *A*, scaemate *G*, schemate *v*, schismate *b*   5 sed plagarum *b* sed (septem *G*) plagarum ...persecutione futura *priori particulae* (XIV) *adiungunt Gb*   6 relata *om. b* 7 futuram (*sc.* damnationem) *v*. ventura *b*   8 fugato *Ab*   discribit *A* et cornibus *om. b*   9 seculare *A*   Haec quidem in libro quarto *add. b*   12 discendere *A*; *exempla formae* 'discendere' *praebet Rönsch, Itala und Vulgata 2. Aufl., 1875, p. 463*   a claritate *b* illuminatam terram . *v*   13 babilon *A*, babyllon *G* distructam *AG, cf. Rönsch p. 464*   14 vocabolis *A*   comisse *A*   16 bissino *G*   17 hunc *AGb* diadimatis *AG¹ secundum Itacismi elocutionem* 18 discribitur *A*, describit *Gbv*   19 diabolum *G* religasse *v* solitam *Gbv*   21 profuturi *AGv*   23 alimentorum *A* invocatione *AGb* 24 terraque futura *v*   di....... or ....tur *Gbv*   25 promissa *Gv*

potiri mercedem, cum agni lumine radiari adque vitae fonte potari eiusque visione dicitur perfrui.

XIX. (XXII 13 – 15) Se proinde *A* et *Ω* iterata praedicatione frequentat, ut [et] unius naturae divinam insinuet trinitatem 5 et futuri evangelii sui cum hoc libro sermonem videatur habere concordem.

XX. (XXII 16 - 21) Septem ecclesiarum iterata mentione σκοπόν libri id est intentionem adsignat seque Christus ecclesiae venturum adnuntiat.

10 ## Peroratio.

Considerans autem huius operis quantitatem arbitror quosdam de eius quam putant prolixitate posse causari, alios autem divinae legis fervore flagrantes de tanta libri profunditate ampliora potius flagitare. sed cum diu inter fastidiosos et avidos nutabundus 15 estuarem, timui, ne aut inmodicis profusionibus ingessissem otiosis errorem aut exiguitate necessaria subtraxisse invidus iudicarer. sicque stilum putavi regente domino temperandum, ut inlustrandis obscurioribus locis plus sermonis inpenderem, apertis exiguum, ut nec esurientes fraudarem inventis nec peritos ausu prolatis 20 offenderem.

Me tamen fateor, non quantum ardua mysteriorum dignitas exigebat sed quantum paupertas virium ope divina potuit, debitis exhibuisse servitiis.

1 poteri *G* 1 mercede *v* irradiari *v* atque *Gbv* fontem *b* potiri *A*, poteri *G*, potare *b* 3 Se *bv*, sed *A* proinde] septimo inde *G* iterat *b* 4 & *A*, ut *Gbv* ut et *conieci* unus *G* nature *A* · divinae *v* 8 scopon *AG*, scopum *bv*, seque *Abv*, sequitur *G* 9 Libri quinti finis *add b* 10 Peroratio *add. b* 12 divine *A* 13 legis vel lectionis *v* tanti *A* 15 estuarem *AG* ingressissem *AG*1 ociosis *G* 16 exiguitatem *G* 17 inlustrandũ *A* 18 sermones *A* aperte *A* 19 fraudcrem *G* ausoprolatis *G*, ausus prolatis *v* 23 EXPLIC̄ LIBER V. COMMENTO APOCALIPSIS SC̄I JOHANNIS APOSTOLI *A*. EXPLICIT LIBER V. COMMENTŪ APOCALYPSIS JOHANNIS APOSTOLI *G*

Interpretatio latina.

VIII [12] Et quartus angelus tuba cecinit: et percussa est tertia pars solis et tertia pars lunae et tertia pars stellarum, ut minus lucerent et dies eandem partem amitteret et nox similiter. [13] tunc vidi et audivi unum angelum ut aquilam volantem per me- 5 dium caeli dicentem voce magna: vae, vae, vae habitantibus terram et reliquis angelis tribus, qui tuba canituri sunt.

IX.

[1] Et quintus angelus tuba cecinit: et vidi stellam de caelo cecidisse in terram et data est ei clavis putei abysi [2] et aperuit 10 puteum abysi, de quo puteo ascendit fumus tamquam de magna fornace qui solem et aërem tenebris obscuravit [3] et de eo fumo exierunt locustae in terram et data est eis potestas sicut habent potestatem scorpiones terrae: [4] et dictum est illis ne nocerent faenum terrae nec ullam viridem nec ullam arborem: nisi homines, 15

---

[1] *Hanc particulam, quae pro specimine est totius interpretationis, elegi propterea, quod in vulgaribus Primasii editionibus cum commentario cui inserta est prorsus deest, cui ne ipsum commentarium omnibus fere ignotum adderem, impedimento erat huius libelli spatium exiguum, eius cognoscendi brevi alio loco facultatem fore polliceor.* 2 |||| et quartus angelus *A* cecinit C, caecinit G   tercia *A¹ sic plerumque* 3 et lunae tertia pars C   4 lucaerent G   5 *Versus qui sequuntur (c. VIII 13—c. IX 10) desunt apud Gv* tunc vidi inquid *A* et vidi .. habitantibus in terra C² *correxit secundum vers. vulgatam praeterquam quod* vae *bis posuit* 7 terra *A² littera* m *et alia littera erasis* qui canituri sunt tuba C 9 V. et quintus etc. *A* 11 abysi *A¹ semper,* abyssi *A²Cb* 12 qui *Ab,* si *C* de co] deo *C¹* 13 eis *om. C* 14 ne laederent faenum *ACbcomment.* 15 viridem *A¹B,* viride *A²C* nisi tantum homines *ACbcomment. (ter)*

Textus graecus.

VIII ¹² Καὶ ὁ τέταρτος ἄγγελος ἐσάλπισεν· καὶ ἐπλήγη τὸ τρίτον τοῦ ἡλίου καὶ τὸ τρίτον τῆς σελήνης καὶ τὸ τρίτον τῶν ἀστέρων, ἵνα ἦττον φανῶσι καὶ ἡ ἡμέρα τὸ αὐτὸ ἐκλίπῃ καὶ ἡ νὺξ ὁμοίως. ¹³ τότε ἴδον καὶ ἤκουσα ἑνὸς ἀγγέλου ὡς ἀετοῦ πετομένου διὰ μεσουρανήματος λέγοντος φωνῇ μεγάλῃ, οὐαὶ οὐαὶ οὐαὶ τοῖς κατοικοῦσι τὴν γῆν καὶ τοῖς λοιποῖς ἀγγέλοις τοῖς τρισὶ τοῖς μέλλουσι σαλπίζειν.

IX.

10   ¹ Καὶ ὁ πέμπτος ἄγγελος ἐσάλπισεν· καὶ ἴδον ἀστέρα ἐκ τοῦ οὐρανοῦ πεπτωκότα εἰς τὴν γῆν καὶ ἐδόθη αὐτῷ ἡ κλεὶς τοῦ φρέατος τῆς ἀβύσσου. ² καὶ ἤνοιξεν τὸ φρέαρ τῆς ἀβύσσου, ἐξ ἧς ἀβύσσου ἀνέβη καπνὸς ὡς ἐκ μεγάλης καμίνου, ὃς τὸν ἥλιον καὶ τὸν ἀέρα σκοτίᾳ ἐσκότισεν. ³ καὶ ἐκ τούτου
15   τοῦ καπνοῦ ἐξῆλθον ἀκρίδες εἰς τὴν γῆν καὶ ἐδόθη αὐτοῖς ἐξουσία ὡς ἔχουσιν ἐξουσίαν οἱ σκορπίοι τῆς γῆς. ⁴ καὶ ἐρρέθη αὐτοῖς ἵνα μὴ ἀδικήσωσιν τὸν χόρτον τῆς γῆς οὐδὲ πᾶν χλωρὸν

---

1 Hanc retroversionem addidi, in qua quae verba differunt ab Tischendorfii (= T) Novi Testamenti editione octava (Lips. 1872), ea litteris diductis expressa sunt.   4 σκοτισθῇ τὸ τρίτον αὐτῶν καὶ ἡ ἡμέρα μὴ φάνῃ τὸ τρίτον αὐτῆς T   5 καὶ T   ἑνὸς ἀετοῦ T   6 ἐν μεσουρανήματι T   7 τοὺς κατοικοῦντας ἐπὶ τῆς γῆς ἐκ τῶν λοιπῶν φωνῶν τῆς σάλπιγγος τῶν τριῶν ἀγγέλων τῶν μελλόντων T   12 ἀβύσσου] fortasse interpres latinus legit ἀβύσου; notandum est formam Atticam ἄβυττος non exstitisse. καὶ ἀνέβη καπνὸς ἐκ τοῦ φρίατος ὡς καπνὸς καμίνου μεγάλης καὶ ἐσκοτώθη ὁ ἥλιος καὶ ὁ ἀὴρ ἐκ τοῦ καπνοῦ τοῦ φρέατος T   14 τούτου om. T   17 ἀδικήσουσιν T

qui non habent signum dei in frontibus suis. ⁵dictum est illis ne
occiderent eos sed ut cruciarentur mensibus sex: et cruciatus eorum
ut cruciatus scorpionum, cum percusserit hominem. ⁶et in diebus
illis querent mortem et non inveniunt eam et desiderabunt mori
et fugiet mors ab eis. ⁷et similitudines locustarum similes equis ⁵
paratis ad proelium et super capita earum tamquam coronae similes auro: et facies earum sicut facies hominis ⁸et habebant capillos ut capillos mulierum et dentes earum sicut leonum erant
⁹et habebant pectora sicut luricas ferreas et vox alarum earum
sicut vox curruum, equorum multorum currentium in bellum: 10
¹⁰et habebant caudas similes scorpionum et aculeos et omnis potestas illarum in caudis earum erat ledendi homines mensibus
quinque. ¹¹et habebant super se regem angelum abysi cui nomen
ebraice Armageddon, greca autem lingua Apollonion et latina lingua nomen habens Exterminans. ¹²vae unum abiit et ecce alia ¹⁵
duo vae secuntur.

2 *Beda* (Migne Bd. 93 p. 158): quod vero alia translatio sex menses
continet, eidem sensui propter sex aetates saeculi congruit.

1 datum est *C*, et dictum est *Ab*ᶜᵒᵐᵐᵉⁿᵗ.   3 percusserint *C¹b*,
percutit *C²* et *Ab*ᶜᵒᵐᵐᵉⁿᵗ.   4 q;rent *A*,   querent homines *C*
invenient *C*ᵇᵗᵉˣᵗ· ᵉᵗ ᶜᵒᵐᵐᵉⁿᵗ·   mori *Ab* ,   mortem *C*   5 *equis
A² *littera* a *erasa*   6 prelium *AC'*   eorum *A¹*   7 similis *A¹*
hominum *Cb*   et habebant *Ab*,   habent *C*   8 eorum *C¹*   9 lu-
*ricas *A* *una* *littera* *erasa*, loricas *C*   11 habent *C*   et aculeis *A*,
et aculeos *c* *in* *fine* *versus* *cum signo* *transpositionis*   12 illarum *om. C*
earumᵉʳᵃᵗ *A* *s. l. m.* 1   a *verbis* potestas in caudis earum erat
incipiunt *post* *magnam* *lacunam* *Gv*   ledendi *AC*   in mensibus quin-
quae *C*   pro quinque *videtur* *scribendum* *esse* *ut* *supra* sex   13 habent *C*
14 hebraice *C*   armagedon *C*   grece autem linguae *C*   apollonon *C¹*,
apoll₊non *C²*,   Apollyon *v*   15 habiit *A¹*, *similiter* *in* comment. habuisse *pro* abisse   16 secuntur *A¹*, sequuntur *A²Cb*

οὐδὲ πᾶν δένδρον, εἰ μὴ τοὺς ἀνθρώπους, οἵτινες οὐκ ἔχουσιν τὴν σφραγῖδα τοῦ θεοῦ ἐπὶ τῶν μετώπων. [5]ἐῤῥέθη αὐτοῖς ἵνα μὴ ἀποκτείνωσιν αὐτοὺς ἀλλ᾿ ἵνα βασανισθῶσι μησὶν ἕξ· καὶ ὁ βασανισμὸς αὐτῶν ὡς βασανισμὸς σκορπίων, ὅταν παίσῃ 5 ἄνθρωπον. [6]καὶ ἐν ταῖς ἡμέραις ἐκείναις ζητήσουσι τὸν θάνατον καὶ οὐχ εὑρίσκουσιν αὐτὸν καὶ ἐπιθυμήσουσιν ἀποθανεῖν καὶ φεύξεται ὁ θάνατος ἀπ᾿ αὐτῶν· [7]καὶ τὰ ὁμοιώματα τῶν ἀκρίδων ὅμοιοι ἵπποις ἡτοιμασμένοις πρὸς πόλεμον καὶ ἐπὶ τὰς κεφαλὰς αὐτῶν ὡς στέφανοι ὅμοιοι χρυσῷ καὶ τὰ πρόσωπα 10 αὐτῶν ὡς πρόσωπα ἀνθρώπου, [8]καὶ εἶχον τρίχας ὡς τρίχας γυναικῶν καὶ οἱ ὀδόντες αὐτῶν ὡς λεόντων ἦσαν [9]καὶ εἶχον θώρακας ὡς θώρακας σιδηροῦς καὶ ἡ φωνὴ τῶν πτερύγων αὐτῶν ὡς φωνὴ ἁρμάτων ἵππων πολλῶν τρεχόντων εἰς πόλεμον. [10]καὶ εἶχον οὐρὰς ὁμοίας σκορπίων καὶ κέντρα καὶ πᾶσα ἐξου- 15 σία ἐκείνων ἐν ταῖς οὐραῖς αὐτῶν ἦν τοῦ ἀδικῆσαι τοὺς ἀνθρώπους μησὶ πέντε. [11]καὶ εἶχον ἐφ᾿ αὐτῶν βασιλέα τὸν ἄγγελον τῆς ἀβύσσου, ᾧ ὄνομα Ἑβραϊστὶ Ἀρμαγεδδών, τῇ δὲ Ἑλληνικῇ γλώσσῃ Ἀπολλονύων (καὶ τῇ Ῥωμαϊκῇ γλώσσῃ ὄνομα ἔχων Ἐξτερμίνανς). [12]οὐαὶ ἡ μία ἀπῆλθε 20 καὶ ἰδοὺ ἄλλαι δύο οὐαὶ ἔπονται.

2 καὶ ἰδόθη T   3 βασανισθήσονται μῆνας πέντε T   4 σκορπίου T   5 ζητήσουσιν οἱ ἄνθρωποι T   6 οὐ μὴ εὑρήσουσιν T   7 φεύγει T   8 εἰς T   10 ἀνθρώπων T   εἶχαν T   14 ἔχουσιν T   σκορπίοις T   ἐν ταῖς οὐραῖς αὐτῶν ἡ ἐξουσία αὐτῶν ἀδικῆσαι T   16 μῆνας T   ἔχουσιν ἐπ᾿ αὐτῶν T   17 ὄνομα αὐτῷ T   Ἀβαδδὼν καὶ ἐν τῇ Ἑλληνικῇ ὄνομα ἔχει Ἀπολλύων T   20 ἰδοὺ ἔρχεται ἔτι δύο οὐαὶ μετὰ ταῦτα T